Misa—著 Izumi—繪
當風止息時
窺視者 03

楔子

天空中的滿月散發著詭譎的光芒，亮得異常，將位於山林深處的一幢大宅照耀得清晰。

一名穿著浴衣的男人站在緣廊邊，手執扇子輕搧，抬頭瞇眼望著圓月。

「好像那天夜晚呢。」一道聲音由男人後方傳來，斑駁的屋牆上倏地出現一個黑色漩渦，穿著鮮紅和服的女人從中婀娜走出，紅豔如血的唇勾著不懷好意的笑。

「零，您不覺得嗎？如果此時再配合一場大雨的話，就像是回到了二十年前呢。」名爲紅葉的女子輕笑著，坐到置於緣廊上的棋盤前，「這幾天沒人跟您下棋啊？」

「從以前到現在，不都只有妳和阿滿會跟我下嗎？」零沒有轉頭，依然凝視著夜空中大得不可思議的滿月。

「那個孩子也曾經陪您下過一兩次，不是嗎？」

「紅葉，最近有其他情報嗎？」零顯然不想回答，轉移了話題。

「哎呀，上次的情報還不夠嗎？」紅葉明白零轉移話題的理由，笑得更是開心了。

零偏過頭，臉上掛著深不可測的笑容，「水邊的妖怪就是魍魎，就憑他們也想搶兩極？」

紅葉細長的眼睛微瞇，「也許跟您的家族勢力相比，魍魎的確配不上兩極，但當所有妖怪同心的時候，您又算得了什麼呢？」

零搧著扇子的動作停下，輕輕斜睨一眼後方，紅葉笑容不再，而是冷著一張臉。

無論在人間生活多久，妖怪都不會產生人性。他們可以裝作擁有人性、裝作擁有情感，但他們眞正擁有的，終究還是妖怪的心。

鬼是由人轉變而成的，所以會憤怒、會被怨恨蒙蔽雙眼、會落淚、會追尋生前放不下的人事物。

而妖怪是由自然孕育的，他們沒有情感，雖然擁有族群和社會的概念，但之所以聚居在一起只是爲了生存。

百年前，鬼女一族與零派之間爆發戰爭，雙方皆死傷慘重，最後零派獲得了勝利，鬼女一族被迫簽下契約，歸順零派。

她們不需要當僕人，但必須唯命是從；她們不需要凡事報備，但問了就必須據實以告；她們不需要幫零派剷除敵人，但在戰爭時必須貢獻力量。

她們不需要打從心裡服從，但必須表現得恭敬。

這一切守則在契約裡寫得很清楚，雙方都心知肚明，他們只是維持著表面上的主從關係。

「所以，這正是百年前我們與妳們爭鬥的理由。」零揚起微笑，「必要時，鬼女一族必須站在我們這邊。」

紅葉又一次瞇起眼睛，以袖子掩住嘴角，輕輕笑著。

「根據『廣義上』的契約來說，是這樣沒錯。」

「妖怪與鬼魅皆傾巢而出，是時候將兩極帶來了。」零刻意忽略紅葉強調的那三個字，視線轉回天空中不合常理的巨大圓月。

兩極本身的存在就不合常理，各種異象必將因兩極的覺醒接踵而來，自然現象的改變只是開端。

月亮的異常將影響潮汐、影響動植物的生命循環、影響地球自轉。

不過這些異常目前還不明顯，還不至於讓人類感覺到不對勁。

「虎呢？」紅葉終於還是提起這個她許久未曾打過照面的人——這個能力幾乎能與當家媲美，卻毫無野心的少年。

聽見小虎的名字，零微微皺起眉頭，轉身背對亮得刺眼的月光。

「還能在哪呢？」零垂下眼簾，「但他總歸要回來。」

第一章

封懊惱地看著自己慘不忍睹的成績，將考卷折起來放進抽屜後，又忍不住拿出來再看一次。

怎麼不管看幾次，都是五十九分呢？

「老師，只差一分耶……」封嘟嘟囔囔，難以面對這個已經無法改變的事實。

「哇，好慘的分數。」阿谷忽然從窗外探頭進來，嘲笑似的用鼻子哼了聲。

「你、你幹麼突然出現啦！」封嚇了一跳，立刻將考卷藏到自己背後，接著瞥見站在阿谷身後的任凱正用憐憫的眼神望著她。

「妳……畢得了業嗎？」

封的臉瞬間漲紅，不是因爲難爲情，而是因爲這句話居然是從天天蹺課的任凱嘴裡說出來。

「你、你才畢不了業！你操行被扣光光！你零分！」封激動地指著任凱反駁，氣得直跳腳。

「學長，你們今天怎麼有空過來呀？」李佳惠從一旁冒出來，雙手搭在封的肩膀上，笑咪咪的。

她前陣子才因爲任凱他們對她愛理不理而生悶氣，但現在又恢復原本的樣子了，彷彿之前那些不愉快不曾存在。

「剛好經過。」阿谷嬉皮笑臉的回應，坐在位子上的喬子宥瞥了他們一眼，轉過頭繼續看著課本。

「不打聲招呼？」阿谷衝著她喊，喬子宥輕嘆一口氣，斜眼看向站在窗外的兩個學長，不帶感情地喊了聲：「學長。」

「還是一樣很有個性啊。」阿谷笑了，紅髮在陽光下閃耀著。

「你們到底要幹麼啦！」封鼓著雙頰，無事不登三寶殿，這兩個學長沒事絕對不可能來找她。

周遭的其他學生開始竊竊私語，有些人甚至偷偷拿出手機拍照，學校裡最受歡迎的兩個學長一起來到一年級教室，實在是難得一見的畫面。況且，從不和任何女孩過分親近的任凱，最近卻常和封葉待在一起，因此有謠傳他們兩個正在交往。

面對這個傳言，任凱總是只用嫌惡的表情代替澄清，從沒有親口否認過，因此封解釋再多也是徒勞無功。

他們兩個的確熟悉，但並不是因爲彼此喜歡。

任凱擁有陰陽眼，當初封被鬼魅纏上並差點遭到殺害時，是任凱及時救了她一命，從此封便纏上……跟定了任凱。對她來說，有什麼麻煩或困難，找任凱學長就對了。

雖然任凱對於鬼魅的事有時也是一知半解，但還是比全然沒有概念的封懂得多。

而老是惹盧教官生氣，有著一頭紅髮的阿谷，本名谷宇非，是任凱的死黨。兩人在學校本就因爲外表搶眼而受到不少關注，加上他們經常蹺課，有道是男人不壞女人不愛，讓他們更是受到女孩子的歡迎。

三個人的熟識全是由於之前的琉璃事件，那時因爲封撿了來路不明的琉璃，招來了一個又一個鬼學姊，而他們調查後發現，這些鬼魂的共同點正是生前都擁有琉璃。之後阿谷運用駭客技巧入侵學校系統，找到她們當年的個人資料，三人藉此抽絲剝繭揪出了殺人兇手。

誰都沒有料到，文質彬彬、深受學生歡迎的羅秉佑老師就是加害者。在追查的過程中，由於誤判情勢，任凱和封擅自前往羅秉佑的住處，結果慘遭毒手，但身受重傷的封卻離奇地迅速痊癒。最後，他們發現其實眞正的幕後黑手是凌然，是她促使羅秉佑犯案。

而在整個事件的過程中，有陣詭異的風不時會在危急之際協助封脫險，還有一名戴著墨鏡的女人暗中監視著。

直到前一陣子發生了筆記本事件，任凱才得知一切不尋常背後的原因。

當時他們被名為小花的鬼學姊纏上，來到德新高中，在魍魎出現而令事情變得棘手時，咖啡廳的神祕服務生小虎突然出面協助，並說出了離奇的真相。

封的真實身分是「兩極」，任凱則是「瘟」，他們兩個在一起會形成「混沌」。

兩極是希望，同時也是絕望，無論是人類還是鬼怪都想要兩極的力量。那名戴墨鏡的女人從很久以前就在監視他們了，在德新高中的時候，女人曾明確說過自己的目標是兩極，雖然那時候她沒有下手，但顯然總有一天會再現身。然而，女人也曾救過他們，讓任凱分不清楚她是敵是友。

「我覺得一定是最近事情太多了，我才會考得這麼差。」絲毫沒有意識到自己大難臨頭的封，還在煩惱著成績。

任凱有些擔憂的望著她，他始終不明白，這樣一個散發著純正氣息的女孩，為何會引來這麼多的麻煩？

他的視線不經意越過封的肩膀，望向坐在後面的喬子宥，頓時注意到她的氣色很差，身體周圍還有些灰濛濛的。但多看幾眼後，那灰色的詭異氣流又消失了。

人在時運差的時候，總是比較容易被不好的東西纏上，只要附近沒有聚集太多靈體，應該是不會有大問題。

任凱想了想，最後還是決定提醒封多注意喬子宥的狀況。

「花栗鼠，跟我過來。」說完，他自顧自地往前方走去。

「你叫我過去我就過去嗎？我又不是你養的狗。」雖然嘴上抱怨著，封還是朝任凱那裡走去。

「怎麼了？」李佳惠好奇地問，阿谷聳聳肩。如果是和靈異有關的事，那他一點也不想知道。

忽然，一道異常強烈的視線從左後方投來，像是要把人洞穿一般，令人渾身不舒服。阿谷連忙轉過頭，左後方只有老師的辦公室，此刻並沒有任何人在那裡。

不會吧……

阿谷搖搖頭，想甩去不祥的預感，假裝沒察覺這回事，並且有一搭沒一搭地跟李佳惠聊天，想要藉此淡忘剛剛的感覺，李佳惠則因爲能夠和阿谷說話而開心不已。

坐在位子上的喬子宥輕輕扶額，從手指間的縫隙往外看去。

那視線已經存在好幾天了，明顯帶著強烈惡意，可是她怎麼樣都尋不著來源。

任凱一直走到操場邊，找了一個比較沒有人的地方，確認周遭的草叢裡以及鄰近校舍的各樓層陽臺都沒有人後，才轉過身面對封。

「幹麼帶我來這邊？」封一臉狐疑，不明白有什麼話不能在教室那裡說。不過，任凱這樣神神祕祕，還在意四周有沒有人的行爲，通常表示……忽然會意過來的封馬上往任凱身上靠去，只差沒有緊抱著他。

「妳幹麼啦？」任凱被封突如其來的舉動嚇了一跳，立刻漲紅著臉推開她。只見封滿臉驚恐，抬起頭來說：「不會是……又有鬼吧？」

任凱翻了個大白眼，順便敲了敲她的頭。「可惜不是。」

「原來不是啊……」她鬆了一口氣，拍拍胸口，接著皺眉。不對，什麼可惜啊？一點也不可惜好嗎！

「最近有發生什麼奇怪的事嗎？」任凱試探著問。

「有啊，我的成績很奇怪，明明就只差一分而已，爲什麼老師不乾脆給我六十分呢？」

「……不是這種奇怪。」

「那是哪一種？」封說著，隨即想到了什麼，伸出食指胡亂指著周圍，一隻腳用力跺著地面，「天哪，阿飄退散！退散！」

「也不是這種……算了，多注意一下妳那個朋友吧。」

「你是說佳惠？還是子宥？」封停下動作。

「喬子宥，她氣色看起來不太好。」

「怪了，子宥這次考試的成績不錯啊，還是說她肚子痛？」封和平常一樣完全搞不清楚狀況，讓任凱無言以對。

他決定改成自己抽空注意就好，反正說不定喬子宥只是時運較差而已。

關於兩極與瘟的事情，任凱暫時不想讓封知道，封現在就像驚弓之鳥一樣，稍微有一點風吹草動就反應過度，因此任凱打算先暫時對她保密。

「喂，花栗鼠，妳最近有跟咖啡廳那個小子見過面嗎？」

「你說小虎嗎？沒有啊，最後一次就是去德新校慶那時……你要找他嗎？爲什麼？」封下意識反問，並想起那天小虎對自己說的話。

「封，妳是希望。」

其實她當時隱約聽見了任凱和小虎的對話，不僅知道他們在談論她，也知道那來自「彼岸花派系」的墨鏡女人目標是自己。

可是她假裝不知道這一切，因爲只要裝作不知道，就可以繼續過正常的生活。是這樣的對吧？她明明在很平凡的家庭出生，有疼愛自己的爸爸、媽媽，跟一般女孩一樣會煩惱成績什麼的，怎麼會是什麼組織的目標？

雖然在高一上學期這段短短的期間，她就遇到了很多莫名其妙的怪事。

任凱看著陷入沉思的封，突然用力拍打她的肩膀，讓她一個踉蹌撲向前方，差點跌倒。

「你做什麼啊！」

「放學後去找他。」任凱丟下這句話，逕自轉身，卻忽然感受到一道強烈的視線從頭頂上方投來。

那視線像一根尖針似的，直直從他的天靈蓋穿入，帶來劇烈的刺痛，任凱趕緊抬頭，卻只見到白雲朵朵的天空。

「怎麼了？」見任凱舉動有異，封馬上警戒起來，靠上他的背。

「什麼也沒有。妳滾開。」任凱冷聲說。

好凶喔……什麼也沒有的話就不要亂看嘛……封無辜地想著。

「對了，學長，你放學後是要自己去，還是要約我一起去啊？」封乖乖地舉手發問。

「隨妳便。」任凱簡直要眼神死了。

「不說清楚我怎麼會知道啊？」封裝可愛的嘟著嘴，打了任凱的背一下。

任凱十分無奈，怎麼這隻花栗鼠歷經這麼多事情後，腦袋還是這麼不靈光？

不過，他多端詳了一下封的神情，發覺其實封自己大概也知道事情不如原先想的簡單。

也許，他們離正常的生活已經越來越遠了……

磨豆機運轉著，被攪碎的咖啡豆散發出淡淡的木頭香氣，磨出的咖啡隨著熱水滴答落入下方的瓶子。小虎將咖啡分別倒進粉紅與粉藍的杯子中，並在粉紅色的杯子裡頭加了一包砂糖，而藍色那杯則是先加了兩包，猶豫了一下後，又加入半包。

他攪拌著剛倒下去的砂糖，瞇眼看著細細的白色顆粒在溫熱的咖啡中融化，接著從背後憑空拿出一個青綠色的杯子，也將熱咖啡倒入其中。杯身隨著液體的注入浮現淡淡的龍紋，他輕啜一口，另一隻手輕點著桌面。

「三、二、一。」數到一的同時，叮鈴聲響起，咖啡廳的玻璃門被打開。

小虎頭也沒有抬，輕聲笑道：「歡迎光臨，封葉、任凱。」

剛進門的兩人一愣，封立刻讚嘆：「哇，小虎你好厲害喔，怎麼不用看就知道是我們來了？」

「猜的。」小虎微笑，從櫃檯後走出來，「隨便坐吧。」

「今天都沒有人？」封好奇地環顧店內，難得一個客人也沒有。

「今天休息。」小虎說，任凱打量著他，眼神狐疑。

「那我們還來打擾，眞是不好意思！」封立刻摀住嘴，想要退回門口，任凱卻拉住她，「我想，他是特地關店等我們來。」

小虎露出一個欣賞的微笑，而封依舊搞不清楚狀況，「你有跟小虎說過我們會來？」

「沒有。」任凱盯著小虎，表情不甚友善。

「那爲什麼……」封還沒說完便噤聲了，她感受到氣氛不太尋常，決定乖乖閉上嘴巴。

「這邊坐吧，我知道你們有很多疑問，但我不是什麼都能告訴你們。」小虎指著一個座位，封看了任凱一眼，待任凱點頭後，才蹦蹦跳跳地跑過去坐下。

任凱又凝視了小虎一會，才緩緩跟著走過去。

小虎回到櫃檯內，端起三杯咖啡和一壺茶，外加一盤法式吐司及蛋沙拉，還有各種口味的蛋糕，往封和任凱坐的位子走去。他將餐點一一放下，並把粉紅色的咖啡杯放在封的面前，加了兩包半砂糖的粉藍咖啡杯則放到任凱面前。

「好香喔！」封拿起杯子喝了一口，咖啡香立刻在口中擴散開來。「我可以吃這些蛋糕嗎？」

「當然，就是爲妳準備的。」小虎微笑，封馬上開心地吃起來。

任凱喝了一小口咖啡，輕皺起眉，又拿了兩包砂糖加入，小虎見狀也皺了皺眉，剛剛他明明已經加了很多糖。

「好吧，你們想問什麼我心裡大概有數，我想也是時候了。各界都已經出現騷動，你們能悠哉的日子所剩不多，與其讓你們哪天不明不白死去，不如早點講清楚比較好。」

「死得不明不白……我們會死嗎？」封嚇得差點噎到。

「花栗鼠很容易緊張，你用詞委婉一點。」任凱瞪了小虎一眼，言下之意是，封還不知道這些事。

小虎聞言挑眉。瘟開始對兩極產生感情了嗎？

「我認為不能再繼續對她隱瞞下去，不該只是一味的保護她。」雖然這麼說，但其實如果可以，小虎也希望能把封帶到一個安全的地方，不讓這樣純真的靈魂受到傷害。

「我沒有打算隱瞞她，也沒說要保護她。」任凱皺眉。

「剛剛特地那樣對我說，難道還不是想保護她嗎？」小虎挑釁地笑著，讓任凱有些不快。

「呃……好啦，別看我這個樣子，我也多少做好心理準備了。」封深吸一口氣，看著這樣劍拔弩張的場景，她實在不好受。「你們就說本來打算說的吧，別在意我。」

兩人都看了封一眼，小虎轉而露出溫柔的笑容，「抱歉，剛才我的用詞確實直接了一些，但絕對沒有誇大，你們要牢記這一點。」

封嚥了嚥口水，認真聆聽。

「這是一個有點像是傳說的故事……」小虎剛要開始說明，玻璃門那邊忽然傳來叮鈴聲響，任凱從他略帶疑惑的表情可以看出，並沒有其他人進來。

「任凱，顧好她。」小虎說完，拿起放在桌上的青綠色杯子，小心翼翼地往門口走去。

「還把杯子帶著走……他這麼想喝咖啡喔？」封再度完全弄錯重點。

這時，店內的燈光驀地明滅不定起來，空氣中充斥著令人戰慄的恐怖氣息，細微的低語聲響起。

「學、學長！」封立刻抓緊任凱的手臂，任凱也感受到了不對，他用另一隻手摟住封的肩膀，盡量不發出聲音地往桌面下躲去。

「小虎呢？」封用氣音詢問。

任凱皺起眉頭。都什麼時候了，還在擔心小虎。

他知道，那個傢伙絕對不會有事，看來封八成已經忘了小虎在德新校慶那時展現過的實力，那傢伙可是擁有貔貅。

整間咖啡廳的燈光倏地暗下，封差點就要尖叫出聲，任凱連忙摀住她的嘴巴。

情況十分詭異，就算咖啡廳的燈光熄滅了，室內也不可能暗到如此地步，因爲外面路燈的光芒應該會照射進來，而不是像現在這樣，連要看清彼此的臉龐都有困難。

一個像是光著腳丫踩在地板上的聲音響起，輕微卻清晰。

封幾乎嚇壞了，什麼人會光著腳丫在咖啡廳裡走路？

而且現在周遭的氣溫低得誇張，她忍不住在心裡哀號：不要啊，這陣子是阿飄大放送嗎？哪有人三天兩頭就撞鬼啦！

任凱的額頭上滿是冷汗，他屏住呼吸專心聆聽著那細微的聲響。

有什麼東西在，而且不只一個，對方的腳步聲輕到不合常理，嚴格說起來，更像是微微飄浮起來，腳背劃過地板時發出的聲響。

空氣在一片漆黑中迅速降溫，那疑似腳步聲的細碎聲響清楚地從另一張桌子那邊慢慢滑過來。

封閉上眼睛，緊抓著任凱的衣袖，大氣都不敢喘一下。

其中一個不明物體在右邊的桌子旁逗留，另一個則在左邊的桌子前停下，接著緩緩往他們這裡移動。

千萬不要發現我們，就這樣離開，到下一個地方吧！封拚命祈禱著。

那東西滑到他們桌邊，在周圍繞著圈，任凱睜大眼睛努力想看清是什麼，但眼前一片漆黑，就連四周的聲音也只剩下這詭異的腳步聲。

對方在桌邊繞了許久，忽然間，桌面被強壓而下，任凱的頭被下陷的桌底猛地一撞，差點痛呼出聲。

「好香啊，好香啊……」上頭傳來嘶啞的低語，帶著腐臭的氣息。

一聽到這聲音，封更加不敢張開眼睛了，她抱住任凱，眼淚已經落了下來。

「兩極的香味啊……」其中一個東西喃喃道，兩人頭上的桌子整張被猛然丟出去，一陣狂風將封的頭髮吹散，她忍不住尖叫，任凱立刻拉起她的手往一旁跑。

他們才剛逃開，原本藏匿的地方便傳來一陣悶響，那些東西發出窸窸窣窣的聲響，像是撲了空。

「兩極，瘟……」

任凱決定叫這兩個東西怪物。他們散發著腐敗的氣味，顯然想吃掉他們。

「小虎呢？小虎呢？」睜眼一片黑暗，閉眼也一片黑暗，封只能感覺到任凱的體溫與呼吸，她害怕孤身一人的小虎會遭遇不測。

「閉嘴。」任凱喝斥，他擔心封的呼喊會招來怪物注意。

他還來不及弄清楚情況，一陣風再次高速襲來，怪物追上他們，抓住了封另一邊的手腕。

「哇！哇哇！學長，我被抓到了，好噁心好噁心！」封尖叫著，抓著她的怪物冰冰冷冷的，還有什麼正舔著她的手，觸感溼溼滑滑。

「好香啊、好香啊……」怪物呢喃著。

任凱嘖了一聲，稍微用力拉了拉封被怪物抓住的那隻手，但怪物不肯輕易放人，也加重力道，絲毫不在乎封是否會受傷，用力得像要將她的手腕撕裂一般。

封還沒喊痛，任凱已經先放開了她的手，轉往怪物的方向，想直接與對方面對面。

這時他想起，在什麼也看不見的情況下，繼續試圖用眼睛看清只會消耗精神力，他看過一個可以證明這個理論的例子。

把一隻天生失明，以及一隻看得見的魚丟入河底的漆黑洞穴中，看得見的魚會比看不見的魚早死，因爲看得見的魚忽然到了什麼也看不見的地方，內心的壓力與焦慮會與日俱增，於是抑鬱而終。

所以現在，任凱選擇閉上眼睛，以其他感官去感應怪物的所在處。

他一手再次抓上封的手腕，另一隻手搭上怪物牢牢抓住封的手，那觸感冰涼滑膩，他忍著噁心想扳開，但滑溜溜的，根本抓不住。

「瘟、是瘟……」怪物低喃，任凱感覺到另一個怪物從另一邊靠近，還沒來得及閃避，怪物便抱上了他的腰，噁心的臭味撲鼻而來，一條肥大柔軟的東西像蛇一樣貼在他的背部上下移動。

任凱很不願意去猜測，但還是猜到那應該是舌頭。

「好痛！好痛！」封感覺到手腕傳來像是被啃咬的痛楚，雖然不至於痛得讓她流淚，但被不知名的東西咬著還是令她無比恐懼。

「使風！」任凱亟欲掙脫怪物的束縛，卻只換來更強力的箝制。

「我、我有在努力啊，就是弄不出來！」

剛剛被抓住的時候，封就拚命地想使出風制住怪物，可是，她不知道是方法錯誤，還是力量使不出來，根本連一絲絲微風都沒有，就好像當初面對被魍魎附身的紀崴一樣，毫無動靜。

等等，紀崴！

「這會不會是幻覺？」封大喊，反過來抓住任凱的手腕，但發現任凱的身體突然變得虛無了。

她的手不再感覺被啃咬，也察覺到身前任凱的氣息逐漸消失，她想伸手抓住任凱，卻漸漸失去意識。

「封，妳還好嗎？」當她張開眼睛的時候，咖啡廳內明亮如昔，小虎皺著眉輕拍她的肩膀。

封環顧四周，而後無力地嘆氣，「果然是幻覺啊……」

「妳能及時發現眞是太好了。」小虎鬆了一口氣，露出微笑，往椅背靠去。

「要是再晚個幾秒，情況就不那麼樂觀了。」

「到底怎麼回事？」任凱揉著太陽穴，他雖然覺得方才的情況很詭異，卻怎樣也沒料到會是幻覺。

「其實不是幻覺，而是夢境。」小虎看了眼店外，嘖了聲，「在我的眼皮底下居然還敢做這種事情，看樣子牠們的力量果然增強了。」

「那是什麼東西？」任凱剛剛醒來後摸了下自己的背部，發現眞的有些溼溼黏黏的液體，看樣子雖然是在夢裡，現實仍同樣會受到影響。

也就是說，和紀崴那時候不一樣，紀崴創造出的幻覺會讓人痛不欲生，但即便死過幾百幾千回，也不會眞正被傷及一根寒毛；而在這夢境裡面，受到的傷害卻並非虛幻。

「那是貘，一種專門吃夢的妖怪。」

「可剛剛牠們想吃的是我們啊……」封心有餘悸。

「那跟我們一般所認知的貘不一樣，牠們經過血洗，已經跨越了一條不能夠跨越的界線，雖然本體還是貘，卻也不再是貘了。」

小虎看著顯然搞不清楚狀況的封和任凱，輕輕嘆了一口氣，站起身來，右手在空中握成拳頭，接著又打開，手中便多了個白瓷杯。

「那是我的！」封驚呼。這個杯子是前陣子小虎送給她的禮物，說是用什麼冰淇淋的骨頭做成的。使用這個杯子喝水或是任何飲品都會變得特別好喝，還會讓她更有精神。

封曾經用過幾次，但後來覺得這種超自然的物品有點可怕，便擺在桌上當裝飾了。

「封，請務必隨身帶著這個杯子，它或多或少能夠稍微保護妳。」小虎將杯子放到封面前。

「可是這杯子要怎麼隨身攜帶啦……如果不小心跌倒，打破了怎麼辦？你能憑空變出杯子，所以才說得輕鬆。」封忍不住嘀咕，小虎聞言，溫柔地笑了起來。

「花栗鼠，妳先閉嘴。」任凱不耐地吼了聲，他實在很想將老是把重點放錯地方的封砍掉重練。

「幹嘛又凶我。」封一臉無辜。

任凱盯著小虎，「現在情況到底是怎樣？直接一口氣講清楚，別賣關子了。」

「急什麼？你們總會知道的。」小虎微笑，慢條斯理地走回櫃檯，拿了一個手掌大的玻璃瓶過來，裡頭裝著詭異的紅色液體。「你們知道這是什麼嗎？」

望著那鮮紅的色調，封有些不安，小虎扭開瓶蓋，將瓶子湊到他們面前，封猶豫了一會兒，輕輕嗅了下。

帶著點不是很明顯的苦澀與花香，稱不上好聞，但也不會感到排斥。

「這味道……」任凱皺眉，想到了什麼，小虎讚賞地點頭。

「這是用彼岸花的花瓣泡出來的茶。」小虎輕輕搖晃著瓶子，「彼岸花又被稱爲石蒜花，我想最爲人所熟悉的，就是彼岸花代表著不祥。在日本的傳說中，彼岸花開在黃泉路上，指引人們通往幽冥地獄，成片盛放的豔紅花朵就像是以血鋪就的道路。」

封嚥了下口水，不自覺地靠向任凱一些。一直跟蹤著他們的墨鏡女人，就是來自彼岸花派系。

「不過，中國人卻不是這樣看待彼岸花，他們稱彼岸花爲曼珠沙華，是天界之花。不覺得很神奇嗎？換了一個國家，彼岸花就有不一樣的意義了。」

「這跟你要和我們說的事情有什麼關係？」任凱瞇起眼睛，口氣有點差。

「別急，我還沒講完。」小虎老神在在的模樣讓任凱一肚子火，總覺得體內有什麼東西燃燒著，讓他想起身走人。

忽然，小虎的目光定在任凱身上，冰冷而無溫度，瞬間壓制住了他的怒火，令他不再感到那麼生氣。

任凱一愣，他剛剛是怎麼了？

「兩極的覺醒也影響到你了，瘟。」小虎淡然說，他明白這是必然。

任凱和封面面相覷，封咬著下唇，知道該面對的時候還是要面對。

「我……到底是什麼東西？」她終於問出口，心中無比忐忑。

小虎的眼神變得柔和。從小，家族便不斷灌輸給他一個觀念──兩極只是披著人類外衣的容器，承載著希望與絕望。

善用，可以造福家族與人類；無法善用，則會危害到所有生物。

對於這樣的觀念，他總是嗤之以鼻，零說什麼他便反駁什麼，因爲他知道，兩極是人類。

當封出生的時候，各界都感應到兩極現世了，但只有小虎知道她在什麼地方。

他第一次見到兩極時，封已經八歲，而他自己則是十二歲。

他不明白其他人到底是怎麼回事，爲什麼會口口聲聲說那女孩是容器。

從那時候開始，他就一直暗中觀察著封。

兩極的出生會招致災害，那是足以讓各界都察覺到異狀的重大災害，而對人類來說，就是異常的天災。

沒人知道兩極會在什麼時候甦醒，也沒人知道兩極會在哪一年出世。

兩極在甦醒以前只是個普通人類，身上的氣息會自動隱藏起來，不會被妖怪或是任何想擁有兩極的家族察覺。

只有「被選上的人」能發現兩極的所在。

而被選上的人通常會在得到上一世兩極的家族中誕生。

被選上的人出生當晚，天空會驟然降下豪雨，卻又同時掛著滿月。

小虎出生的那晚正是這樣的情況，照理說他不該擁有嬰兒時期的記憶，但小虎清楚記得，當初他來到人世的時候並沒有啼哭，而是睜著無邪的圓圓大眼，眨也不眨地看著圍繞在身邊的大人們。

「第一次看見一出生就張開眼睛又不哭鬧的嬰兒……」陪產的女傭雖然覺得奇怪，但她並不眞正了解這種狀況的特殊。

「天、天啊！」外頭的親族們得知消息後卻震驚不已，紛紛倒退了好幾步，「快叫零主子過來，快啊！」

「我的孩子怎麼了？」生下小虎的女人虛弱地問，她聽見外頭的雨聲，又瞥見了從窗戶斜照進來的月光，於是睜大眼睛，「不會吧……」

一陣兵荒馬亂後，一名侍僕帶著零的話回到產房，「零主子說，他已經藉由天象得知，被選中的人出生了。」

所有人都嚥了嚥口水，侍僕不安地接著說：「零主子還說，這表示兩極也要降臨了……」

這些遙遠的記憶清楚存於小虎的腦海中，他知道自己在那個家族被寄予怎樣的厚望與任務，可是他一點也不想執行。

所以他才會在這裡。

「小虎，你怎麼了嗎？」封昄著眼睛，伸出手在小虎的面前晃啊晃。

小虎愣了愣，隨即露出笑容，「沒事，只是想到一些事情而已。」

「是什麼事？」任凱瞇眼。

「沒什麼，不重要。」小虎依舊微笑，任凱卻顯然不相信。

總有一天，你會知道，也會面臨。

小虎心想。每當他看著任凱時，心中的憐憫都會不自覺地湧出。

「請問，可以回答我的問題了嗎？」封舉起手發問。

「當然可以。」小虎調整了一個舒服的坐姿，「這會是個似乎很複雜，其實很簡單，但又有點長的故事。」

第二章

很久以前，當世界還處於一片混沌之時，盤古在其中孕育。經過一萬八千年後，盤古忽然睜開了眼睛，混沌、潮溼、悶熱使他難受，他便拿起斧頭，將混沌劈開，於是輕而淨的氣流往上，重而溼的氣流往下，從此世界分爲天與地。

天日高一尺，地日厚一丈，盤古日長一丈，又過了一萬八千年，天升到極高，地也變得極厚，天與地相差了九萬里。

這時盤古終於累了，他往地上一躺，就這樣再也沒有起來。

他呼出的氣息變成了風和雲，發出的聲音成爲雷霆，左眼變成太陽，右眼則是月亮，四肢化爲大地的四極，身軀成爲了五嶽，血液流成江河，筋脈變成道路，肌肉鋪成土地，皮膚化爲花草樹木，骨頭成了金玉鐵石，鬚髮化作滿天星斗，就連汗水也變成了雨露。

世界的一切源頭都是盤古所賜予的。

但那片混沌又是誰創造的呢？

「你是瘟神，她是希望卻又是絕望，這就叫混沌。」

任凱瞪大眼睛，想起了小虎說過的那番話。

兩極與瘟就存在於那片混沌之中，當初盤古開天闢地時，將兩極與瘟也一併分開了。兩極是個容器，容納了許多不祥的事物，而瘟則是無形的，像是空氣一般包覆著兩極。

兩者被打散後，世界開始運作，綠色植物覆蓋了大地，水流匯聚爲海洋，形成生命的溫床。

兩極在某處靜靜蟄伏著，而瘟也不見蹤影。

之後，在四方遊蕩的女媧覺得有些無聊，她無意間看見黃河上有個容器載浮載沉，便用容器盛起黃河的水，澆在泥土上，捏起了泥人。

原先容器裡頭裝的正是兩極所承載的負面，這樣的負面孕育出了人類，導致矛盾產生，因爲生命本該誕生在希望之上。

所以人類也具備兩種極端的特質，既殘忍、又仁慈。

兩極就這樣成爲了人類的一部分。

後來，水神共工與火神祝融交戰，共工一怒之下撞倒了世界支柱之一的不周山，天地因此傾斜，令百川東流入海、日月星辰東升西落。

而女媧不忍自己所創造的人類飽受這場災害帶來的痛苦，於是煉製五色石將天空修補起來。不久，一道光芒透過空中的五色石照射下來，那帶有某種特殊能量的光，將瘟喚醒。

「這就是瘟跟兩極的由來。」小虎說完，喝了一口茶。

「瘟是怎麼變成人類的？」封提問，她覺得這一切就像一個神話故事，而不是在說她和任凱。

「沒有人知道。兩極和瘟自上古時期便存在，一直延續至今，我們只知道兩極百年出現一次，而瘟偶爾會與兩極存在於同個時代。」小虎說著，關於這些事，他也是從別人口中得知的。

「這跟彼岸花又有什麼關係？」封又問。

小虎露出一抹淒楚的微笑，「你們聽過這句話嗎？彼岸花，開彼岸，只見花，不見葉。花與葉，生生世世不能相見。」

「好孤獨的感覺。」封咬著下唇，沒來由的感到悲傷。

「彼岸花和一般花卉不同，開花的時候沒有葉子，有葉子的時候便不會開花。彼岸花派系正是遵循著這樣的精神。」

「你是說，他們不希望兩極跟瘟相見？」任凱皺眉。

「不，不太一樣，客觀來說，他們屬於希望兩極跟瘟在一起的派系。」小虎的眼神變得冰冷，露出不帶感情的笑容，「雖然這只是我個人的猜測，但我想這是因爲他們希望世界毀滅。」

這句話讓封與任凱同時一凜。

「毀滅，意思是指……怎樣的毀滅？」

小虎靠向椅背，「毀滅不一定是指地球爆炸那種毀滅，也可能是瘟疫不受控制地蔓延。」

小虎瞥了任凱一眼，繼續說：「例如黑死病、天花等，會造成大量人類死亡的致命傳染疾病。」

「是因爲我的關係嗎？」任凱問，雖然他實在不願意這樣想。

「不是你，是好幾代以前的瘟。」小虎搖頭，「不是只要瘟出生就代表會有傳染病蔓延，歷史上也曾經有過瘟和兩極同時出現，卻依然太平的時候。」

封和任凱都瞪大眼睛。

「什麼嘛！所以說，事情根本沒有那麼嚴重啊！」封鬆了口氣，將茶倒入白瓷杯中，喝了一口，情緒頓時安定不少。

任凱看著小虎的表情，知道事情肯定沒有那麼簡單，「有什麼前提嗎？」

「死生不相見，也就是說，瘟在和兩極相遇之前就被殺了。」

鏗啷。

封放在一旁的粉紅色杯子摔落至地面，發出清脆的破碎聲。

「所、所以……學長會死？」她震驚不已，雙手抓住任凱的肩膀拚命搖晃著，「不會的，學長，你不會有事的對不對？」

「花栗鼠，妳先放手！聽清楚，他說的是上一代，又不是我！」原本任凱也受到了不小的驚嚇，但被封這樣一鬧之後，心中的恐懼反而消失了。

「但那也是你啊！靈魂什麼的不是一樣嗎？」封依然十分激動。

「是嗎？」任凱撥開封的手，看著小虎。

「不，只有兩極的靈魂會不斷輪迴轉世，而瘟不一樣，每一次的瘟都是不同的靈魂。因爲瘟是無形的東西，會附在人的靈魂上，就像病毒寄生一樣。」小虎聳聳肩。

「你們怎麼能確定瘟的靈魂不會輪迴？」封有些疑惑。

「我現在還不想說明，但就是能夠確定。」小虎看著封的雙眼，溫柔地回應。

封抿抿唇，小虎的注視讓她感覺有些不自在，只好不再追問。

「只要殺掉瘟，就不會與兩極相遇招來毀滅，那爲什麼沒人來殺我？」

「學長！」封沒想到任凱會提出這樣的問題，又嚇了一跳。

「在瘟與兩極相遇以前殺掉瘟，才能夠阻止毀滅，若是雙方已經相遇，這麼做就沒有用了。」小虎起身走回櫃檯，將加入彼岸花瓣的茶回沖，又走了回來，「兩極和瘟相遇後便會引發混沌，鬼魅和妖怪都會因此甦醒。而歷經一些事件後，兩極便會完全甦醒，這時各界就都能夠感應到兩極的存在。通常得找到兩極才找得到瘟，但這不是絕對。那一世比較特別，在雙方相遇之前，瘟就死了，後來兩極造成了不小的災害，最終被各方妖怪吃得一乾二淨。」

封打了個冷顫，「爲什麼妖怪要、要吃我？」

「因爲兩極是容器，也是養分，可以增強妖怪的能力，但普通小妖承受不起妳的能量，只會自取滅亡。通常兩極的下場不是被鬼魅附身，就是被擁有高超術法的人類或妖族帶走，看是要吃了，或是留著。」

「留著要做什麼？」任凱說完，看了封一眼，「我並不是希望妳被吃掉，但看來除了被殺，也有能活下去的方法不是嗎？」

「是啊，沒錯。我說過，兩極是個容器，最初裡頭承載的是負面，現在裝的則是孩子。吃掉兩極的妖怪會變得強大，所以大多數的妖怪都會選擇吃掉，但人類不一樣。畢竟兩極雖是容器，外表仍是人類的模樣，面對著自己的同類，誰吃得下肚呢？

「所以，大多數得到兩極的家族都會選擇讓兩極生下孩子。兩極所生的孩子會令家族興盛，本身卻活不過十八歲。而生下孩子的兩極會眞正變回容器，沒有思想、無法思考、不會說話。是活著，也不算活著。

「她將終日如人偶般渾渾噩噩，被人餵食、照顧，被當成畜生一般養著，這還是有道德的術師家族才會做的事情。吃人不容易，但殺人就容易多了，大部分的家族都會選擇將生完孩子的兩極殺掉。這就是從前每一代兩極多數時候的下場。」

封聽完小虎的講述，渾身止不住地顫抖起來。她總有一天也會落得一樣的下場嗎？

「我不要啊……我又沒做什麼壞事，為什麼要這樣子對我？」只要一想到那可能是自己的未來，封就無法冷靜。

任凱抓住她的手，輕聲安撫著，小虎則再次於白瓷杯內注滿茶水，遞到封的面前。

封嚥了嚥口水，努力克制住顫抖，拿起杯子輕啜一口。溫暖馬上傳遍全身，撫平了她的情緒。

「兩極會引起什麼災變？和瘟在一起又會產生怎樣的混沌？這些你完全沒解釋到。」任凱又問，仍然握著封的手。

「我說過了，兩極是個容器，是好是壞，端看她裡面裝的是什麼東西。」小虎皺起眉頭，似乎覺得聽不懂的任凱有些愚笨。

「你說得根本不清不楚。」任凱見他眼神略帶鄙視，頓時更火大了。

「我想，即便我講上三天三夜，你們也一定都聽不懂，等遇到事情再一一解釋吧。」小虎淡淡說，「總之，你們只要記住三件事情。第一，無論是妖怪、鬼魅，還是懂得法術的人類家族，統統都想要奪取兩極。兩極百年才會出現一次，而瘟更是難得出現，那些人或東西都想要你們。」

「簡單來說，就是要我們的命。」任凱翻白眼。

小虎沒有否認，繼續說：「第二，你們都有保護自己的能力，那些能力可強可弱，端看你們怎麼去運用。」

「控制風跟擁有陰陽眼嗎？」任凱失笑，看了旁邊的封一眼。

「第三……」說到這裡，小虎遲疑了一下。

「第三是什麼？」任凱催促。

「第三點就算了，因爲你們已經相遇，現在說什麼都來不及了。」小虎的眼神隱隱帶著些許落寞。

「說清楚。」任凱不耐地說。難道講話只講一半是鬼跟小虎的共通點？

看著目光澄澈的封，小虎覺得自己接下來要說出的話十分可笑。

「你們不能相愛。」

「啊？」任凱反射性地喊出聲，他的表情像是吃到什麼味道奇怪的惡作劇糖果一樣，顯然覺得這件事情荒謬至極。

「等等，你之前說的在一起不是指當朋友，而是那種在一起？」封忽然間羞紅了臉，想像了一下和任凱成爲男女朋友後，兩個人摟摟抱抱的畫面。

接著就是晚上在房間裡，燈關掉以後的……

「白痴，妳在想什麼噁心的東西啊！」任凱用原本握住封的那隻手用力敲了下她的頭，封不禁痛呼。

「好痛好痛好痛，好過分！」封淚眼汪汪的，小虎忍不住笑出聲來。

封看著他的笑容，臉上流露出一絲驚訝。

「怎麼了嗎？」小虎止住笑意，恢復成平常掛著微笑的模樣。

「你笑了耶。」封喃喃說。

「我一直都在笑啊。」小虎有些疑惑。

封搖頭，「是眞正的笑，發自內心的笑。」說完，她忽然掉下眼淚。

「喂，花栗鼠，妳哭什麼？」任凱錯愕地問。

「我也不知道。」封擦掉淚水，她只是覺得小虎的笑讓她莫名感到懷念。

她對上小虎的眼神，那份隱藏在小虎眼中的溫柔，竟讓她覺得難過起來。

「我已經把該說的都說完了，今後會有更多妖怪來騷擾你們，你們要懂得分辨現實或幻覺，並且善用自己的能力。」小虎避開封的目光，起身走到咖啡廳門口，任凱明白這是代表送客。

「我只再問你一句。」來到門口的時候，任凱問：「你是敵是友？」

小虎看了眼躲在任凱背後的封，微笑著說：「目前，我是你們的朋友。」

任凱瞇起眼，沒聽漏「目前」二字。

他邁步往前，封跟在後面，一邊走一邊小心翼翼地回頭望向小虎。

她不認爲小虎是敵人，也不相信他總有一天會變成敵人。

因爲若眞如此，那小虎何必告訴他們這些事？

而且，她眞的覺得小虎給她一種很熟悉的感覺。

任凱將安全帽丟給封，跨上機車後發動，封趕緊戴上並坐到後座，雙手拉著任凱的衣角，兩人很快就乘著機車消失在轉角。

直到看不見封的背影後，小虎才呼了一口氣，往後仰倒。

當他往後倒去的瞬間，後方倏然出現一隻龍頭、馬身，外形類似獅子的白色短毛猛獸，牠靜靜趴在地板上，小虎就這樣倒在牠的身上。

猛獸正是貔貅，牠打了個大哈欠，懶洋洋地趴下，微微擺動了下尾巴。

小虎撫摸著貔貅的皮毛，貔貅享受得閉上眼睛，而小虎則陷入沉思。

任凱與封相愛是遲早的事情，然而他們的相愛只會造成毀滅。

他剛剛並沒有告訴兩人一件事。

世界最開始是一片混沌，而誰知道那就是世界的原貌，還是經過毀滅後的重生呢？

不知道何時出現了這樣的說法——兩極與瘟結合會產生混沌，因此混沌便是源自於他們的結晶。

他們若是相愛、生子，待在兩極這個容器裡頭的孩子就會是混沌。

混沌會再一次將世界化為虛無，所有生物都會滅亡，而兩極和瘟也會被混沌吞噬，陷入沉睡。

也許又要等上好幾萬年，直到再出現一個盤古來開天闢地；又或者這個世界將永遠被混沌充斥，再無其他生命。

因為這個沒有根據的傳說，所有人都戰戰兢兢。

若是這一世瘟沒有出現，各方只會爭相搶奪兩極。

但如今出現了瘟，所以大家除了搶奪兩極外，還要阻止他們相遇，要是不幸相遇了，也必須阻止他們相愛。

然而這是命中注定的事情，只要兩極和瘟相遇了，就必定會走到這個結果。

「那為什麼不強行將他們兩個分開？」獅爺曾經問過這樣的問題，小虎卻笑而不答。

以前確實有人這樣做過，但兩極能夠控制風，瘟能夠操控鬼魅，這樣只會令他們失去理智而造成更多不必要的死傷。

對，瘟能操控鬼魅。

只是任凱似乎還沒覺醒。

「真是令人頭痛……」小虎閉上眼睛。

下一次，我們一定會在一起的，對吧？

他想起許久以前，「她」曾經說過的話，不禁溼了眼眶。

忽然，一股溫熱溼滑的觸感貼在臉頰上，小虎睜開眼，只見貔貅舔舐著他的臉龐。

「哈哈，讓你擔心了……」小虎摸了摸牠的毛，「但你也習慣了吧？」

貔貅玻璃般的眼珠凝望著他，眼神中彷彿蘊含著千言萬語。

小虎起身，撥了通電話給獅爺，告訴他剛才發生的事情。

貘在他的眼皮底下堂而皇之來犯，將他引去咖啡廳門口的同時，入侵了封與任凱的夢境。

「但您不是設下了結界？」獅爺在電話那頭表示懷疑。

「這正是重點。即使有結界，牠們依然闖入了。」小虎瞇眼看向窗外虎視眈眈的妖異生物們。

「妖怪的實力增強了，是因爲魍魎帶來的連鎖效應嗎？」

由於魍魎率先明目張膽地對兩極下手，導致其他妖怪也紛紛跟進，而且由於能力覺醒，封在非自願也沒自覺的情況下，釋放出了能讓妖怪增強的力量。

「很有可能。以往瘟多半覺醒得比兩極早，但這次不一樣，兩極幾乎覺醒，瘟卻還停留在原地。」通常覺醒較快的瘟會保護兩極，這也是爲什麼當初發生琉璃事件時，小虎會叮嚀封要跟在任凱身邊，他完全沒料到任凱居然還沒覺醒。

「關於您前些日子說的……不，事實上您根本沒有眞正說出口，但是……」獅爺欲言又止。

「你是說把兩極帶走，逃得遠遠的嗎？」小虎失笑。如果可以，他確實想這麼做，但問題是，這一世的兩極與瘟已經相遇。

命運的齒輪已經開始轉動，他幾乎可以預言接下來會發生的事情。

他們會相愛，接著各界會展開爭奪，他們會被迫分開，但終將排除萬難走到一塊。

以往兩極與瘟的命運都是如此發展。

有時兩極最終會懷上瘟的孩子，因而被各界聯手殺害，這是最糟的情況。只有在這種時候，妖怪、鬼魅、人類才會放棄對立，一齊追殺兩極。

然而，不知道在多少年前，彼岸花派系突然出現了，那個墨鏡女人加入了爭奪。

沒有人清楚她的目的，不過照理說應該和各族大同小異。她從沒成功奪得兩極過，但背後的勢力一年比一年壯大，總有一天會成爲最有力的威脅。

墨鏡女人將彼岸花花蕊當成類似針一般的武器，形象鮮明，而在很久以前，這個女人也曾經跟著他過，他稱呼她爲追蹤者。

女人完全沒有變老，和以前長得一模一樣。

這讓小虎不禁懷疑，彼岸花派系眞的是人類嗎？她又爲什麼要提醒各界兩極已經甦醒？

「您沒事吧？」獅爺語氣平淡，卻流露出一絲關心。

「你指哪方面？」小虎淡淡反問。

獅爺沉默不語。

「別擔心我了。」小虎閉上眼睛。當他出生的時候，就已經明白自己要面對的是怎樣的未來。

封小心翼翼地左右張望了一會兒，才慢慢拿下安全帽，從機車後座下來。

「妳在幹麼？」任凱也拿下自己的安全帽。

「我只是擔心會有人突然衝出來殺我們……」封傻傻地笑了兩聲。

「是人的話還有辦法反擊，如果是鬼的話可就沒輒了。」任凱頓了頓，「妖也沒輒。」

封沮喪地嘆氣。問題是，現在就是鬼跟妖怪想吃她，她簡直像是變成唐三藏了。

「沒什麼好擔心的，那小子不是要妳帶著什麼杯子嗎？」雖然平常總喜歡欺負封，不過任凱看見她這樣害怕，也不忍心再消遣她了，畢竟是性命受到威脅，對方還是完全敵不過的各種妖異生物。

「如果杯子在發揮效用保護我以前，就被我打破的話，那該怎麼辦？」

「妳還在想這種問題？」任凱眞的是被她打敗了，而且關於這一點，他認爲目前還不需要擔心。

至少小虎暫時還是站在保護封的立場，否則也不會告訴他們這麼多事情。如果眞的發生什麼意外，封可以控制風，傷口又能夠快速復原，只要不是遇到過於棘手的情況，應該不會有大問題，而且小虎一定會趕來援救。

任凱想到這裡，不禁沉下臉色。如果說他的陰陽眼也可以當成武器，那會是什麼武器？

更何況，這雙陰陽眼本來不是他的，而是任炎死了以後才轉移到他的身上。他的雙胞胎弟弟，任炎。

「學長，你怎麼了？表情好可怕喔。」封的手在任凱眼前晃了晃，任凱回過神，深吸一口氣後搖搖頭。

「快回家吧。」

「確定沒事嗎？」封打開公寓一樓的鐵門前，又再次確認。

「回到家在陽臺跟我揮個手，讓我知道妳平安。」任凱沒有回答，只是叮囑。

如果任凱平常也這麼貼心，如果任凱平常不要欺負自己，如果兩個人只是普通的學生，那封聽了這句話後，心裡一定會覺得甜蜜蜜的。

可惜，他們彼此都心知肚明不是這麼回事。

來到家門外的陽臺，封先對下頭的任凱揮手，看著任凱跨上機車，車尾燈消失在巷口後，才脫下鞋子踏進家門。

「回來啦，吃點水果吧。」封媽指著桌上切好的水果，封爸則在看電視。

看著這稀鬆平常的一幕，封不禁心想，爸媽知道她是兩極嗎？

封想起當初因爲琉璃事件而入院時，她哭著說自己身上的傷用飛快的速度痊癒，那時爸媽的神情明顯有異，肯定知道些什麼。

這麼一想，封心一橫，隨即開口：「爸、媽，你們知道我……」

忽然間，一種有點像百合又有點像菊花的香氣飄進鼻腔，是她不久前才聞過的彼岸花香氣。

她瞬間瞪大眼睛，思緒變得異常清晰，察覺到家裡有些地方和平常不太一樣。

地板特別乾淨，爸爸下半身穿的是西裝褲，而平時總是用鯊魚夾隨意夾起頭髮的媽媽此刻卻綁著公主頭。另外，通常吃過晚餐後才會準備水果，今天媽媽卻先切好了水果放在客廳桌上。

她想起父母有時候會穿著正式服裝去拜訪別人，卻從沒跟她說過對方是誰。

一個可怕的念頭忽然閃過封的腦海——她的爸媽該不會和彼岸花派系的人有聯繫吧？

「小葉，妳怎麼了？」

封媽注意到封的臉色忽然變得蒼白，關心地詢問。

「你們知道嗎？」封顫抖著問。

「知道什麼？」封爸沒發現她的不對勁，眼睛依然盯著電視。

封的目光在兩人身上來回打量，試著冷靜下來。

他們是她的父母，怎麼可能會傷害她呢？

不過，雖然有關彼岸花派系的事情全是從小虎口中聽來的，但如果她真的是小虎口中那麼棒的「容器」，那麼誰對她來說都是敵人。

即使彼岸花派系和小虎目前都沒有傷害過她，甚至可以說是在保護著她，可是會永遠站在她這邊的終究只有瘟，也就是任凱。

任凱的臉龐忽然出現在封的腦海，想起剛剛在樓下時他表現出的溫柔模樣，再聯想到小虎說他們注定相愛，她瞬間紅了臉。

「怎麼臉色一下白一下紅？妳該不會感冒了吧？」封媽不知道封的心思，有些擔心的走了過來，溫暖的手心貼上她的額頭。

「沒、沒事啦，我先去洗澡了。」封乾笑了幾聲掩飾尷尬，立刻往自己的房間溜去。

進房後，她坐在書桌前發呆。剛剛得知這件事時明明沒有特別的感覺，爲什麼現在想起小虎的話卻會這麼害羞？

她不知道任凱心裡是怎麼想的，不過反正一定是「這隻花栗鼠才不是我的菜」之類的吧。

封忽然間有點失落，但又不知道自己爲什麼要失落。這樣就好像她很希望任凱喜歡上自己一樣。

「他嘴巴那麼壞，又不懂得憐香惜玉，我才不會喜歡他呢！」封甩甩頭，起身去拿換洗衣物，接著忽然察覺到不屬於自己的呼吸聲。

她抬起頭，藉由窗戶玻璃反射出的景象，看見背後有個女人坐在自己的床鋪上。封大吃一驚，馬上就想尖叫出聲，女人卻以迅雷不及掩耳的速度衝過來摀住她的嘴，並迅速將她壓到床上。

戴著墨鏡的女人面無表情，也沒有殺意，就只是靜靜看著她。

封嚇壞了，她奮力想掙脫女人的壓制，然而女人看起來沒有特別使勁的纖手卻分毫不動。封恐懼到了極點，室內頓時刮起一陣小小的旋風。

因爲女人戴著墨鏡，封看不清楚她的眼睛，但她知道女人的視線快速掃過了室內一圈。房裡的風頓時變得更強了，像是騎機車時迎面襲來的風速。

「現在就算不是在命危時刻，也能自由地使出風了？」女人說著，嘴角勾起略帶讚賞的笑容。

封還是第一次聽見她說這麼多話，一時間有些呆愣，房內的風也因此跟著瞬間消失。

女人眉頭一皺，手臂一動，忽然間將封整個人拋到半空中，接著一個轉身到了狼狽落下的封身後，左手指縫裡夾著一根彼岸花蕊，輕抵在她的脖頸上。

封瞪大眼睛，知道自己隨時都會送命。

女人的呼吸聲就在她耳邊，對方輕輕吐了一口氣。

「一閃神，妳就沒命了。」

「妳、妳到底是……」封顫抖著，腦中一片混亂。

「我叫九夜。」女人收起彼岸花蕊針，轉而來到封面前的床邊，摘下墨鏡，露出清秀的臉龐。

「快弄清楚怎麼操控風，否則妳這一世會死得更快。」九夜拋下這句話，轉身走向窗邊。

「妳怎麼不殺我？」見她就這樣走了，封沒多想便問出口，接著馬上後悔。天啊，要是她剛剛只是忘記要殺我，這下子我不是提醒人家了嗎？笨蛋笨蛋！她心裡懊惱著，趕緊說：「我開玩笑的，妳慢走啊，掰掰！」說完，她馬上躲到被窩裡面，想催眠自己看不見就不會有事。

過了一會，封沒聽見九夜的腳步聲，也沒聽到其他聲響，就在她以爲女人已經消失的時候，一聲嘆息忽然傳來，「就算我不殺妳，也有別人會要妳的命，這是兩極生生世世的悲哀。」

封偷偷掀開棉被，只露出眼睛看著九夜，見到女人原本面無表情的臉龐上浮現淡淡的哀傷。

「就讓我先幫妳除去外頭的貘吧。」

「外頭的貘？什麼，牠們追來了嗎？」封緊張兮兮地看向窗外，注意到空氣中出現了不自然的扭曲。

九夜沒有回應，她重新戴上墨鏡，兩手往皮外套裡一伸，再次抽出時，指縫間夾著滿滿的彼岸花蕊針，然後打開窗戶跳了下去。風聲以及怪物呼嘯而過的聲音接連響起，但沒多久便重歸平靜。

封往後一倒，仰躺在床上看著天花板。睡意忽然湧來，可是她還有好多事情搞不清楚。

爲什麼那個叫九夜的女人跟她想像的完全不一樣？

她以爲九夜是來帶走她的，難道說，她會在客廳聞到那股香氣，是因爲九夜待在她房裡的關係？

所以，她的爸媽並沒有問題，只是房間裡的彼岸花香傳到了外面？

還有，爲什麼小虎跟九夜都希望她能夠快點掌握控制風的能力？她只想當個普通人啊。

啊，不行了，她好想睡覺，眼睛已經要闔上了。

而且肚子忽然好餓好餓，怎麼會這樣子呢？

在閉上眼睛的朦朧瞬間，封覺得自己好像置身於一片安靜的草原，有個男孩撫摸著她的頭，用溫柔無比的眼神看著她。

他的嘴角勾著一個既熟悉又陌生的笑容。

好像小虎。

第三章

喬子宥一早起來便覺得全身痠痛不已，她先活動了一下肩頸，再伸了個懶腰，才疲累地從床上爬起。

她昨晚又做了惡夢。自從紀崴事件以後，她便夜夜惡夢，一開始夢的內容只是令人不太舒服，睡醒後便能忘記，最近卻逐漸演變成揮之不去的夢魘。

在夢中，她奔跑在夜晚的樹林裡，只有天上的銀白月光照亮了前方道路，周遭的樹木看起來就像是張牙舞爪的怪物。

她不知道後頭是什麼人在追著自己，只是沒命似的一直往前跑，而每次最後她都會跌倒，在後面的人追上自己的瞬間醒來。

不過，每當她以爲醒了的時候，一睜開眼睛卻還是在樹林裡，她只能繼續跑，就這樣不斷重複。

這惡夢太過頻繁，讓她有時候都快分不清自己現在是處於夢中還是現實。詭異的夢令她顫慄，更有種夢境隨時會成爲現實的錯覺。

她嘆了一口氣。不是都說夢境與現實相反嗎？

可能是因爲紀崴的事，讓她對於那個不可思議的世界有了進一步的了解，本來以爲心理上已經接受了，但潛藏在意識裡的恐懼仍反映在夢境中。

所以這應該只是後遺症，那些惡意的視線也都只是她神經過敏而已。

喬子宥這樣想著，心裡好過了一些。

她掀開棉被，準備下床梳洗，在雙腳踏到地板上時卻發現了不對勁——她的拖鞋放反了。

她皺起眉，小心翼翼地掃視房間一圈，並沒有發現其他異常之處。

猶豫了一下後，她還是穿上拖鞋，來到鏡前整理儀容。

走出家門的時候，她再次感受到一道強烈的視線，像是在窺視著她。

喬子宥抓緊書包背帶，努力忍著不要回頭，快步往學校的方向走去。

封原本想將小虎說的事情告訴喬子宥，但還在思考哪些話是可以說的，畢竟牽連到的不只有她一個人。

她想，任凱應該也不會全部都告訴阿谷。

不過，當喬子宥進到教室後，這些猶豫馬上被封拋到九霄雲外，因爲她發現喬子宥的臉色比昨天更蒼白了。

「子宥，妳的臉色好差，沒事吧？」

「沒什麼。」喬子宥搖頭。

「眞的嗎？是不是生病了？還是肚子痛？」封不放心地追問。

「我沒有不舒服，別擔心了。」喬子宥勉強微笑。

她的身體確實並沒有特別不舒服，只是精神上被不明視線弄得很焦慮。

「學長昨天也說妳氣色不好，該不會是……」封東張西望，確認李佳惠正在和別人聊八卦後，才小聲附在喬子宥耳邊道：「鬼？」

這個可能性喬子宥也不是沒想過，但她搖搖頭。

封鬆了一口氣，「不是鬼就好。還是我帶妳去保健室？」

「我休息一下就好。」喬子宥婉拒她的好意。

上課鐘聲響起，封回到位子前再度叮嚀，「如果眞的覺得不舒服，一定要跟我說喔。」

「嗯。」喬子宥微笑著點頭。

現在想想，那視線究竟是什麼時候開始出現的？

其實，在上次調查紀崴事件的中途，她就不時感受到似乎有異樣的視線盯著她瞧。

喬子宥看了一眼正在打瞌睡的封，想到她不同於常人的地方，以及和任凱之間日漸熟悉的互動，已經隱約了解到，自己與他們並不屬於同一個世界。

尤其和他們共同經歷過紀崴的事情後，她更加明白封和任凱都不是普通人，就連看起來只是個調皮學生的阿谷，也似乎有不太一般的地方。

雖然如此，她也不會因此而想和封保持距離。不管封是什麼樣的存在，她們是朋友這一點都不會改變。

但有一點無法確認的是，那道視線眞的是針對她，還是因爲封的關係才會看著她？

被直盯著看的感覺突然再度出現，喬子宥立刻轉頭，但後方除了教室的牆壁外，什麼也沒有。

「喬子宥，怎麼了嗎？」在臺上講課的孫娜詢問。

「沒事。」她狐疑地多看了幾眼，那道視線還在，但已經不那麼強烈，彷彿是從牆壁另一頭投來。難道對方還會透視不成？

搖搖頭拋開這種不合理的推測，喬子宥將目光轉回黑板上，看著孫娜寫上英文小考的題目，順便丟了一塊橡皮擦到封的頭上，提醒她要小考了，趕快清醒。

封迷迷糊糊地拿出測驗紙，開始抄寫題目，看著那個樣子的她，喬子宥實在不願意去想封的與眾不同。

下課時間，有個一頭紅髮的男孩站在走廊邊，一邊嘆氣一邊張望。

「在考慮要不要蹺課嗎？」任凱來到他身邊，看向樓下的操場。

阿谷搖搖頭，也往下看去，「從這裡看得到小瘋子的教室吧？」

「是看得到。」任凱往一年級教室所在的地方一瞄，正好看見封和喬子宥站在走廊上。

「嗯……喂，阿凱，我有件事情想問問你。」阿谷搔著頭，神情猶豫。

「怎麼了？」阿谷難得這樣扭扭捏捏，任凱不禁皺起眉頭。

「最近有沒有什麼……不科學的東西？」

任凱瞪大眼睛，怕鬼怕得要死的阿谷居然會主動問這種事？

「那可多了，首先，我從早上開始就一直很想跟你講，在你背後的……」

「哇！哇！停！」阿谷立刻大叫，兩手胡亂揮著。

「你不是要我說嗎？」任凱調侃。

「但不需要說得這麼明確好嗎！」阿谷捏緊戴在脖子上的護身符，「我要問的是，有沒有不對勁的地方？」

「什麼不對勁的地方？」

「就是……怎麼說呢，比如說像之前的琉璃事件，還有紀崴的事情，在發生之前不是都會有個前兆嗎？」阿谷搔亂紅髮，「這一次有沒有什麼奇怪的徵兆？」

要說奇怪的話，就是封是兩極，自己是瘟這件事情。然後各方妖怪都想要取他們的性命，除此之外，沒什麼特別的。

任凱想著，但這種事情沒必要跟阿谷說，而且他相信就連天真如封也不會告訴其他人。

畢竟攸關性命安危，越少人被牽扯進來越好。

「我沒有這樣的感覺。」所以，任凱這麼回答。

「是嗎……那就好。」阿谷扭了扭脖子，表情卻沒有放鬆下來，低聲碎念著返回教室。

任凱覺得阿谷的反應有些奇怪，但也無意追問。他雙手撐在走廊的矮牆上，微微仰頭看著天空，感受著陽光的溫暖。

小虎說他和封不能相愛，這讓他百思不得其解。

誰會把花栗鼠那種發育不全的女孩子當成戀愛對象？這簡直太侮辱他的眼光了。

他喜歡的是像孫娜那種天使面孔、魔鬼身材的成熟女性，擁有聰明的頭腦，懂得如何待人處事，才不是像封這種粗神經的小女孩。

「任凱，你怎麼一個人在這裡？」說人人就到，孫娜拿著英文教科書經過，一頭亮麗的長髮隨風飄逸。

「孫老師，妳今天也好漂亮呢。」

任凱掛起痞痞的笑容，如往常一般用言語調戲孫娜，而孫娜也笑得開心，畢竟任凱說話雖然不太正經，但從不會踰矩。

「你跟那個一年級的孩子還有聯繫嗎？」孫娜忽然問。

「妳是說封葉？拜託，孫老師，就說妳在樓梯間看到的那件事是誤會了，不要把我們湊在一起啦。」任凱擺擺手，滿心無奈。怎麼接連兩天都有人要把他跟封湊對？

上次在樓梯間，他和封是爲了躲避鬼學姊的攻擊才會抱在一起，沒想到卻碰巧被孫娜撞見，於是便誤會大了。

「孫老師！」原本已經進到教室的阿谷看見孫娜，馬上從窗戶探出頭來打招呼，一邊腳踩窗沿，打算從窗戶跳到走廊上。

就在這個瞬間，阿谷忽然再次感受到有視線從正下方投來，他下意識地往地面看去，但除了地板外，什麼也沒有。

可是阿谷卻覺得自己似乎和什麼對上了眼，渾身頓時冒出雞皮疙瘩。因爲分心，他腳下一滑，整個人直接從窗口摔到走廊地上。

「你到底在幹什麼啊？」任凱眼明手快，在阿谷的前額撞向地面前一把拉住他的衣領，才讓他沒有整個人撲倒在地。

「嚇、嚇死我了！」阿谷心有餘悸的爬起來，心中慶幸還好沒有正面撞地板，否則鼻血不知道要流多久，「不過撞到膝蓋了，還不輕啊。阿凱，你應該要快一點來護駕啊。」

「我有拉住你就不錯了。」任凱翻了個白眼，順便放開手。

「呵呵，你們好可愛喔。」孫娜怪笑起來。

「這有什麼好可愛的啊？孫老師，我膝蓋好痛喔。」阿谷立刻湊上前去，想要孫娜幫忙「呼呼」他的膝蓋，任凱卻過來拉走他。

「你離孫老師遠一點，保持安全距離，知道嗎？」任凱慎重地告誡。

「我知道了，你會吃醋對不對？」阿谷抬起下巴，賊笑著調侃喜歡孫娜的任凱。

孫娜見狀忽然爆笑出來，接著連忙假裝咳了幾聲，「我該去上課了。」然後她便匆匆忙忙跑掉。

「她的反應也太奇怪了吧？」阿谷用手揉著膝蓋，「我不是開玩笑，真的有點痛欸，我去保健室拿個冰袋敷一下好了。」

「之前花栗鼠在保健室遇過鬼。」任凱「好心」提醒，換來阿谷的一連串咒罵。

「可惡，死阿凱明知道我最討厭不科學的東西，還故意跟我講保健室有鬼，又不和我一起來，眞他馬的……咦，張阿姨不在？」大老遠來到保健室的阿谷發現裡面沒開燈，於是拉開紗門，「張阿姨？」

保健室裡空無一人，阿谷在門口張望半晌後，按下電燈開關。

他感到有些害怕，嚥了嚥口水後，轉頭看向窗外明亮的陽光，「大白天的，外面就是大太陽，我怕啥啊！」

這樣給自己壯膽後，阿谷跨進保健室，目不斜視的走到冰箱前拿出冰袋，然後坐到一旁的床鋪上，隔著長褲冰敷自己的膝蓋。

「怪了，不過就撞了那一下，怎麼會這麼痛？」阿谷邊說邊拉起褲管，赫然發現膝蓋上居然有一大片瘀青，「哇靠，這怎麼回事？」

仔細一看，瘀青上面似乎還有東西在蠕動著，像是有什麼想從皮膚中鑽出。很快，青紫色的肌膚裂開一條細縫，一雙小眼睛出現，直盯著阿谷看。

「哇！」他嚇得驚叫出聲，從床上跌了下去，但定睛一看，膝蓋上別說眼睛，連瘀青都消失了。

阿谷頓時覺得毛骨悚然，連冰袋都沒放回去便拔腿逃離了保健室，一邊還在心中發誓未來再也不獨自進入。

同一時間，正在上體育課的封不經意地往保健室的方向望去，剛好見到阿谷慌慌張張地跑出來。她對他招手大喊，但嚇壞的阿谷根本沒注意到，只是匆匆忙忙地往樓梯奔去。

「阿谷學長怎麼了嗎？」李佳惠也注意到了，她最感興趣的就是受歡迎的男生以及八卦。

「我不知道耶。」封隨口說，不過看阿谷那狼狽樣，八成是又遇見什麼鬼東西了。

她沒有把這個猜測說出口，打算等等有時間再去問問阿谷。

喬子宥此時待在球場上，她的氣色還是很差，但動作還算俐落。藉由在陽光下打球，她才能夠稍微放鬆緊繃的神經，雖然那擾人的視線依然不時出現。

封來到球場邊觀看喬子宥打球，一邊聽著李佳惠說八卦，同時努力地想要練習操控風。

她的視線移到前方的一棵樹上，專注地盯著，想要令樹葉被吹動，但是微風一陣一陣拂來，封也不清楚到底是自己的嘗試成功了，還是這根本是自然的風。

她偷偷將手放在自己的腿邊，看能不能揚起風吹動褲管，不過好像也沒什麼效果。

「所以說，阿谷學長跟任凱學長，妳比較喜歡哪一個？」李佳惠的話忽然傳入耳中，讓她嚇了一跳。什麼時候開始討論這個話題了？

「就……都是學長呀。」封一臉莫名。

「妳說謊！這麼優的兩個帥哥在身邊，妳怎麼可能完全沒有感覺？而且你們前陣子還一直黏在一起，怎麼可能沒有任何事情發生？」李佳惠又開始咄咄逼人。

對啦，一直黏在一起當然有事情發生啦，因為遇鬼了嘛。封無奈地心想。

「我沒有說謊啦，我們不是那種關……」說到此處，封卻驀地想起小虎說的話，頓時語塞外加臉紅。見到封如此可疑的表現，李佳惠當然不會放過，立刻抓住機會逼問。

「快點說啦，是他們之中有誰在追妳嗎？不過應該不可能啊，就憑妳的外表，他們又怎麼會看上……」

「喂喂！」封覺得這話實在太失禮了，忍不住抗議。

「老實說吧，妳都瞞我這麼久了，再瞞下去就太不夠意思嘍。」李佳惠用手肘頂著封，平常最會應付她的喬子宥現在不在這裡，封只能歪頭，絞盡腦汁思考著該如何打發她。

「我也不是想要隱瞞妳，但……就只是莫名其妙和學長熟了起來，可是說熟也不對啊，他們都會欺負我欸！」

「那明明就是打情罵俏。」李佳惠不以爲然。

「哪是！而且任凱學長都會用輕視的眼神看我，阿谷甚至還叫我小瘋子！」

「妳居然直呼阿谷學長的綽號！」

「那不是重點啦！」封嘆氣，「總之，我們會認識完全是誤打誤撞，我相信如果時間重來一次，我和任凱學長都不會想要認識彼此的。」

要是讓她再選擇一次，她絕對不會去撿那顆琉璃，這樣任凱也就不會在保健室恰巧救了她，後面的一切事件便不會發生了。

不過，小虎的話像是在心中生根了一樣，又忽然浮現。她和任凱幾乎是注定會相識，就算他們不相遇，也會有其他妖怪或鬼魅纏上她。

他們的孽緣是命中注定，討人厭的命中注定。

想到這裡，封忍不住大大嘆了一口氣。

「妳幹麼啦，該不會是在感嘆太幸福了吧？」李佳惠用力打了封的背一下。

「才不是，我是因爲……」

此時，球場上傳來砰的一聲，她們反射性往那邊看去，發現喬子宥居然昏倒了，躺在球場上。

「子宥！」封和李佳惠立刻衝上前，當封用手臂撐起喬子宥的身子時，發現她的身體異常冰冷，但臉又因為運動而顯得紅通通的。

「快點幫忙把她帶去保健室，男生！」李佳惠馬上命令班上的男生協助，不過當他們要過來將喬子宥抬起時，喬子宥出聲了。

「不用，我可以自己走。」她的聲音非常虛弱，封二話不說，立刻將喬子宥的手搭在自己肩上，「我送子宥去保健室就好……」說到這裡，她想起之前曾在保健室遭遇女鬼方雅君的襲擊，於是連忙改口。

「呃……佳惠，我們還是一起去保健室好了。」喬子宥現在這麼虛弱，能多一個人壯膽也好。

李佳惠點點頭，勾起喬子宥另一邊的手，三個人一起往保健室走去。

保健室裡的燈光雖然亮著，卻不見張秀娟的身影。自從紀崴事件後，封便沒有再和張秀娟說過話了。

當時他們遇見的鬼學姊小花，眞實身分是張秀娟自殺的女兒，張秀娟因為沒有及時察覺到小花的痛苦，一直相當自責，只希望小花死亡後能夠得到解脫，所以封和任凱都不忍告訴她事實——小花不但沒有解脫，反而占據了紀崴的軀殼，決定從此以紀崴的身分活下去，只為了杜絕不可能杜絕的霸凌。

也許，有時候不說實話也是一種善意。

她們將喬子宥扶到床邊，李佳惠去一旁的飲水機那邊裝溫水，封則幫喬子宥拉開被子。

「妳眞的沒事嗎？身體一向很好的妳怎麼會突然暈倒？」封擔憂地問。

喬子宥勾了勾嘴角，不願意吐露實情。

那時，她在正要投籃的瞬間感受到強烈的視線，明明雙腳踩地，卻一陣天旋地轉。她往前跨了一步，發覺有個「人」就站在她的後方，貼得很近，她幾乎可以感受到對方的冰涼呼吸。

然後她就暈倒了。

「妳不老實跟我說，把煩惱都悶在心裡的話，我會生氣喔。」封故意插腰嘟嘴，還很有戲的跺了兩下腳。

見狀，喬子宥笑了起來，「妳是佳惠喔？不跟妳說就生氣。」

「我又怎麼了？」李佳惠拿著水杯走過來，「本來就該說啊，朋友之間是不能有祕密的。」

「呃，也不是說任何事都要完全據實以告啦，但如果有什麼煩惱還是可以說出來，和大家一起商量怎麼解決啊……」封越說越覺得自己的話沒有說服力，因爲她本身就隱瞞了很多事。

「不，眞正的好朋友是不能隱瞞彼此任何事情的！」李佳惠很堅持，她一邊說著一邊把水杯遞給喬子宥，「不袒裎相見就要吞一千根針。」

「這裡又不是日本。」封咕噥。

「哼，妳們兩個人都是不及格的朋友，都瞞著事情不說。」

「妳也只想知道兩個學長的事情吧？」已經很不舒服的喬子宥沒心思理會李佳惠的鬧脾氣，講話直接了些，李佳惠馬上瞪她一眼。

「我也想知道妳爲什麼暈倒啊，妳說啊！」她伸手推了坐在床上的喬子宥一下，讓她手裡拿著的杯子灑出來水來。

「妳到底想幹什麼？」喬子宥十分無奈。

「我只是問妳啊，妳回答不就好了，幹麼不回答？啊？」李佳惠繼續推她，表情無比挑釁。

眼看喬子宥就要發飆了，封趕緊擠到她們兩個中間。

「唉唷，我們讓子宥休息一下，等她狀況好一點再問啦。不然這樣好了，妳剛剛不是想問我學長的事情嗎？我們繼續討論吧！」爲了轉移李佳惠的注意力，封只好提起自己並不想說，但李佳惠最有興趣的話題。

「妳說的喔！」果不其然，李佳惠眼睛一亮，立刻勾起封的手，露出可愛的笑容，對著床上的喬子宥眨眨眼睛，「那我們先回教室吧，子宥，妳就好好在這邊休息。」

「嗯。」喬子宥淡淡回應，覺得李佳惠實在莫名其妙。

「等等，我先拿條冰毛巾給子宥。」封抽出被李佳惠勾著的手，從冰箱裡取出冰毛巾，蓋在喬子宥的額頭上。

「謝……」喬子宥伸手壓住額上的毛巾，卻忽然驚恐地睜大眼睛。

「怎麼了嗎？」封趕緊問。

喬子宥看了看一臉狐疑的李佳惠，又看向面露擔憂的封，最後扯出一抹微笑，「沒什麼，我躺一下，下一節課就回去。」

「妳在保健室等我們就好，我們下課後會來帶妳回去。」封握著喬子宥的手腕，把她的手放到被單裡，並將被子蓋到肩膀處，又再三叮嚀喬子宥要待在保健室等她們，才和已經開始追問八卦的李佳惠離開保健室。

喬子宥躺在床上，深吸一口氣，緩緩將手從被單裡伸出來。

白皙如昔，連一點疤痕也沒有。

但剛剛，她分明看見自己的手腕上布滿了密密麻麻的小眼睛，全部睜圓著眼看著她。

如同她時常感受到的那強烈視線一般，帶著寒意。

她果然被什麼東西纏上了嗎？到底該怎麼辦？

能跟誰商量？

她的腦海裡第一個浮現的人選是任凱，但她不想向任凱求救。更何況，任凱一定會將這件事情告訴封，她更不想連累封。

那她還能怎麼做呢？

阿谷從保健室一路哇哇叫著逃回教室，第一件事情便是把剛剛遇到的怪事告訴任凱這位通靈大師，希望他能夠解惑，但任凱聽了只是皺著眉頭。

「你知道我想到什麼嗎？」

「如果可以，我還眞不想知道，但又不能不知道……好吧，我準備好了，請告訴我。」阿谷哀怨無比。

「你聽過百百目鬼嗎？」

「沒聽過，也不想聽過，不過現在你必須解釋給我聽。」

「……我不想說了。」

「阿凱，是我耶，你把我當成小瘋子了嗎？爲什麼對我這麼沒耐性？」阿谷一副受傷的樣子，搖著任凱的手。

「咳，任凱、谷宇非，現在是上課中喔。」講臺上的孫娜輕咳了聲。

「抱歉，孫老師，我只是有非常重要的事情要跟阿凱說。」阿谷轉正身子。

「老師知道你們感情好，可是上課時還是要專心聽講喔。」孫娜笑得燦爛，眼底還流露出不知名的光芒。

「喔……」阿谷不情願地面向黑板，卻一直回頭偷瞄任凱，他很想快點知道什麼是百百目鬼。

見到阿谷的舉動，孫娜笑得更是曖昧了。

對於阿谷身上出現的異狀，任凱沒有太放在心上，他認爲是阿谷自己看錯的機率很高，不過最近遇見太多光怪陸離的事情，不排除也有可能眞的是妖怪。

下課鐘聲一響，根本坐不住的阿谷立刻跳起來，「快點，阿凱，跟我來！」

「急什麼啦，放學後有的是時間，幹麼要急著現在？」

「我等不到放學了，現在就要解決！」阿谷態度堅定，一拍桌子，「快點快點，去頂樓。」

任凱只好起身，卻因爲聽見孫娜的奇怪笑聲而回頭。還站在講臺上的孫娜關愛地看著任凱和阿谷，那眼神讓任凱起了雞皮疙瘩，只能回以尷尬的笑容，而後便迅速跟著阿谷離開教室。

「所以說，百百目鬼到底是什麼東西？我剛剛用手機查了一下，可是有看沒有懂。」還在爬著樓梯，阿谷就忍不住發問。

「那是一種妖怪，剛好任馨前陣子才跟我提過，不然我也不知道。」任凱打開通往頂樓的門，確認沒有其他學生在後，才開口說。

「爲啥任性會提到這種妖怪？」

任凱斜眼看他。「你如果習慣了叫她任性，到時候要是見到本人改不回來，又有你受的了。」

「在任性女王面前，我怎麼可能會叫錯？」阿谷抬起下巴。

「因爲你怕得連話都說不出來了。」任凱一臉鄙夷。

「這種事情你知我知就行，不需要說出口。」阿谷拍拍任凱的肩膀，「所以任性爲啥會提到百百目鬼？」

「因爲德新的升學壓力大，之前有些學生本來會用霸凌別人的方式來抒解壓力，但經過紀崴事件後，大家都怕落到跟李瑄她們一樣的下場，所以……」

「等一下，其他人也都知道魍魎造成的死亡幻覺？」

「他們不清楚詳情，但大家都知道原本欺負紀崴的李瑄等人手段有多可怕，某天卻忽然變成紀崴反過來欺負李瑄，還把李瑄逼到不敢上學，連藍映潔三人都幫著欺負她。他們雖然不知道紀崴做了什麼，但至少看得見這樣的改變，也看得見李瑄等人眼中的恐懼，」任凱停頓了一下，無意間瞥見封正在一樓走廊上奔跑。「也因爲紀崴的反撲，導致那些長期被欺負的人開始反抗，最後霸凌便在德新慢慢消失了。」

「造成這麼明顯的連鎖效應啊……」阿谷若有所思。

不過，這可能只是表面上的原因，任凱覺得「新的」紀崴也許暗中做了些什麼，畢竟她之所以想要重生，就是希望讓霸凌這個行爲消失。

「那這跟百百目鬼又有什麼關係？」

「因爲霸凌這種宣洩壓力的方式行不通了，某些累積太多壓力的學生就改成去偷東西，身上因此慢慢長出許多眼睛，這是一種會出現在偷竊者身上的妖怪。」任凱一邊說，一邊故意用懷疑的眼神看著阿谷。

「我才沒偷東西！」阿谷馬上澄清。如果只要偷東西就會被這種妖怪纏上，那全世界的小偷不是全都長了？

「哈哈，我當然知道。」任凱笑了起來，看向阿谷的膝蓋，「現在還在嗎？」

「我哪知道？一晃眼就不見了，我也不敢再去看。」阿谷光是回想就一陣毛骨悚然。

「褲管拉起來讓我看看。」

「不要啦，要是還在怎麼辦？」阿谷不從。

「這樣正好，讓我看看是長什麼樣子。」任凱伸手要拉，阿谷死命抵擋，兩個人在那裡拉拉扯扯。

「你們到底在幹什麼？這裡可是學校。」孫娜的聲音突然從門口傳來，她探出一顆頭偷看，臉不知爲何紅了起來。

兩人對看一眼，發現他們的動作有些曖昧，於是立刻分開並咳了幾聲。

「孫老師，妳不要誤會。」阿谷正色。

「老師明白的，都明白，但這裡是學校，你們要注意一點。」說完，孫娜發出愉快的笑聲，雀躍地離開了。

「我覺得孫娜最近越來越奇怪了，她到底有什麼毛病？」阿谷完全搞不懂孫娜是怎麼回事，「阿凱，那就是你喜歡的類型啊？」

「……只有外表。」任凱漸漸覺得自己身邊的女性好像都不太正常。「好了，快捲起褲管讓我看。」

「喔拜託，我眞的很怕，如果有東西怎麼辦？」

「不然就讓東西繼續長在你的腳上吧。」任凱轉身要走，阿谷趕緊喊住他。

「好啦！我知道了，我捲起來就是了。」

任凱滿意地轉過頭，阿谷席地而坐，顫抖著手緩緩捲起褲管，臉還別到一邊緊閉起眼睛。

將褲管捲至膝蓋後，阿谷趕緊問有沒有東西，任凱卻沒有回應。

「喂，阿凱，別鬧，到底還有沒有眼睛啊？」

「這……我不好說，你自己看吧。」任凱的聲音很輕。

「靠，眞的假的啦，不要鬧喔！」阿谷害怕到了極點。

「我不忍心說……再見了，阿谷，祝你一路好走……」任凱說著說著，聲音越來越小。

「走你個大頭啦！」阿谷嚇得反射性睜開眼睛，看了看自己的膝蓋，發現什麼東西都沒有。

他疑惑地抬頭，看到任凱戲謔的笑容後，馬上明白自己被耍了。

「馬的！」阿谷氣急敗壞。

「哈哈哈哈！」任凱捧腹大笑，「啥鬼也沒有，會不會是你眼花？」

「我可以眼花把恐龍看成美女，但不會眼花把我的膝蓋看成長了眼睛，那時候眞的有東西。」阿谷沒好氣的回應，捲下褲管站起身。

「說的也是，但現在的確沒有東西，我也沒看見你身上有黑氣纏繞，所以應該只是路過的小妖吧。」

不過，讓任凱擔心的是，他剛來到聖光高中時，這間學校除了長年存在的地縛靈以外，並沒有其他奇怪的東西，就連鬼魅看見他也沒有特別的反應，只是木然地待在一直以來待著的地方。

直到前陣子封撿到了那顆琉璃，令黎筱雨忽然感應到，擺脫地縛靈的身分轉爲有意識的鬼魂，學校裡的其他鬼魂才跟著紛紛醒來。

任凱忽然靈光一閃。他一直都認爲是因爲封隨便撿充滿死者怨念的遺物，才會導致鬼魂甦醒，但現在想想，眞的是因爲這樣嗎？

假如當時是阿谷撿到的，一樣會喚醒那些鬼魂嗎？

不，絕對不會，那是因爲封的身分，因爲她是兩極，既是希望又是絕望，所以才會引發這一切。

也因爲如此，任凱才會和封產生交集。這就是命運的安排嗎？是命中注定？所以他才會注意到封？才會覺得她的氣場特別清澈？

阿谷轉過身，往下朝一樓看去，「嘿，那不是小瘋子嗎？」

任凱也走到牆邊，看著封所在的地方。遠遠的就能感受到她的氣息，那是一種舒服的氣場，散發著正面能量。

但如果仔細感受，會發現在那明亮的氣息中卻隱藏著小小的陰暗。那陰暗就像是鏡頭上的一個黑點，一不小心便會忽略，可是一旦發現了，就再也無法忽視。

有一天，他眞的會如同小虎所說的，和封相愛嗎？

「哇靠，路上明明什麼東西都沒有，她也可以跌倒啊。」阿谷幸災樂禍地看著因爲在走廊上奔跑而摔跤的封。

任凱翻了翻白眼。

他不會愛上封的，命運也許無法操控，但自己的心總能控制吧？

只要他和封不相愛，就不會毀滅這個世界了吧？

他們只要防止封被妖怪吃掉，保護自己別被其他人殺掉，那就沒問題了吧？

第四章

「好、痛、啊！」封從地上坐起來，揉著自己的膝蓋哇哇叫著。

連跑在平地上都能跌倒，要是被任凱或阿谷看見，一定又會嘲笑她了。

封噘起嘴巴朝膝蓋吹了吹氣，扶著牆壁站起來，往保健室的方向走去。

原本李佳惠也要一起來，但是因爲封沒有老實回答她的質問，所以她賭氣決定不來了。

明明是要來接喬子宥一起回教室，封不明白李佳惠爲什麼要跟她賭這樣的氣，最近的李佳惠實在太過暴躁易怒。

「張阿姨，我來帶子宥回教室。」封看見張秀娟坐在裡面，頓時安心了些，但又有些尷尬。

「她睡著了喔。妳跟保健室還眞有緣，三天兩頭就來報到。」張秀娟沒事般笑著，不過封感覺得出來，張阿姨並不想談論在德新發生過的事情。

「我保證以後不會了。」封拍著胸脯，走到床鋪邊，見喬子宥正睡得香甜，便坐在床邊的椅子上。

「對了，妳們有拿冰箱裡的冰袋嗎？」張秀娟問。

「沒有呢，我們只拿了冰毛巾。」封將喬子宥額頭上那條已經變成常溫的毛巾取下，喬子宥隨即睜開眼睛。

「怪了，那怎麼少一條？」張阿姨疑惑地喃喃說。

「已經下課了？」喬子宥想起身，封趕緊扶著她，「如果妳還想多休息一會的話，那就再躺一節課吧。」

「不用了，下一堂是數學課吧，老師說過要小考。」

「咦咦咦！有要小考？」封驚呼。

喬子宥揚起笑容，輕輕敲了敲她的頭，「就知道妳會忘記。」

「嗚嗚……真希望老師也忘記。」封哀號，扶著喬子宥下床，「妳睡了一下之後，氣色果然好多了，最近是不是都睡不好？」

「最近比較常做惡夢。」喬子宥說得輕描淡寫。

「這樣啊。」封點點頭，若有所思。

兩人和張秀娟打聲招呼後便離開保健室，在返回教室的路上，封下意識抬頭往任凱教室所在的方向看去，卻瞥見了在頂樓的任凱和阿谷。

「是學長他們！」封開心地對喬子宥說，然後朝兩人揮手，「喂——」

看見封像小動物一樣高興地揮著手，阿谷皺起眉頭，「她是在興奮什麼？」

「我哪知道。」任凱聳聳肩，卻勾起了笑容，但他很快就發現，一旁的喬子宥氣色非常糟糕。

「好像變嚴重了……」

「你說什麼？」阿谷沒聽清楚，下意識問。

這時鐘聲響起，任凱轉身，「沒什麼，上課了，走吧。」

「你不覺得我們最近太乖了嗎？我已經快一個禮拜沒有蹺課了欸。」阿谷實在不習慣這麼安分，盧教官還是三不五時會到他們班上突襲，當看見兩個蹺課大王都待在教室時，他總是會先露出疑惑的表情，接著馬上轉爲欣慰。

因爲在上次的鬼學姊事件中，盧教官曾及時出現，以身上的正氣驅走了鬼學姊，所以任凱才決定暫時不蹺課，當作是報答幫了他們大忙的教官，雖然其實盧教官毫不知情。

「他們明明就有看見我，卻不理我！」封不滿地抱怨，默默放下手。她有很多話想跟任凱說，包括昨晚九夜來過的事情。

不過現在最重要的是——「要回去小考……走吧。」封垂頭喪氣的拉著喬子宥的手，繼續往教室的方向走去。

喬子宥的眉頭微微蹙起，嘴角掛著苦笑。

她一直將封和任凱的日漸親近看在眼裡。雖然她並不知道兩極以及瘟的事情，當然也不知道他們注定相戀的命運，可是她看得出來，兩個人之間彷彿有條隱形的線將他們連結起來，以雙方不會發覺的緩慢速度，將他們牽在一塊。

兩人在一起只是遲早的事。

爲此，喬子宥只能感到難過，還有……

嫉妒。

她心頭一震，四下張望。

「怎麼了？」注意到喬子宥似乎停下了腳步，封轉過頭問。

「妳有聽到……不，沒、沒事。」喬子宥強壓下慌張的情緒。

「鐘聲嗎？有啊，已經響過了，我們得快回教室才行。」封小跑步起來。

「嗯。」喬子宥扯了扯嘴角，也跟著跑起來。

她心中隱隱感到不安，因爲那聲音清晰得不像是錯覺。

一名髮色銀白的少年站在聖光高中的校門外，瞇著眼睛望向校園內。他一隻手擺在腰後，手指不時律動，當他的手指有所動作時，附近的空氣便會微微扭曲。

他的左後方站著一名高大如猛獸的黝黑男人，面無表情的凝視著前方。

「看見了嗎？」白髮少年揚起笑容，隱約可以見到一顆虎牙。

粗獷的男人輕輕搖頭，動作小得像是根本沒有做出反應。「只是覺得氣場不太對。」

「一片黑呢。」

「是因爲兩極的關係？還是瘟？」

「或許都有關係。」

「要離開了？」高大的男人望著轉過身的少年。

「只是剛好經過，就順便來看看。」小虎的側臉略帶憂愁，獅爺知道這是出於怎樣的情緒。

「零主子他……」

「別再叫他主子了。」小虎露出嫌惡的表情。

獅爺停頓了一下，又道：「我明白您的感受，但他畢竟是當家。」

「我知道，不過與我無關。」

「您這樣不行，您是……」

「被選上的人，是嗎？」小虎自嘲地笑了笑，獅爺不再說話。

「我分得很清楚，這點你不需要擔心，我不服從阿零的原因與過去無關。」其實，這句話連小虎自己都不相信，「好吧，也許有關，但就算不論過去，我也無法認同他的做法。」

「是過去絆住了您。」獅爺垂下目光。

「所以他們應該有更好的做法，例如在我出生時就直接殺了我？」小虎轉過頭，漆黑的雙眼漸漸變成褐色。

獅爺噤聲。

「即便我早已做好心理準備，仍覺得永遠也無法執行。」他看著自己的手，眼睛顏色再次變回黑色，然後回身往大馬路走去。

獅爺看著眼前少年的背影，嘆了口氣。小虎承受著超載的宿命，如同零一般，外表雖然年輕，內心卻異常老成。

他們都看過太多東西、體會過太多事情，如此相像的兩個男人，卻有著截然不同的觀念和處事原則。

零就如同他的名字般，是個圓圈，進不去也出不來，一切歸零，毫無破綻。而小虎卻因爲經歷過太多，變得什麼都放不開、什麼都放不下。

「怎麼了？」小虎側頭看了眼還沒跟上的獅爺。

獅爺搖頭，追上小虎的腳步。

他會跟隨小虎，並不是因爲零的命令。獅家世代輔佐零派，原本獅爺也必須留在零的身邊，但由於他的父親還沒退休，再加上小虎這個被選上的人誕生，於是獅爺便暫時待在小虎身旁。

一開始獅爺也曾想過留在本家，替零處理一些重要事務，但越是和小虎接觸，他便越是被小虎的人格特質所吸引。

小虎擁有天生的領導能力，能讓人下意識主動跟隨並且服從。

獅爺知道，零也知道，所以小虎才會離開本家。

不認同零的做法是一回事，威脅到當家的位置又是另一回事。該是萬獸之王的獅卻甘願跟隨虎，就已經是一個證明。

忽然，小虎停下腳步，從口袋裡拿出手機，轉過身笑著對獅爺說：「看樣子，我們收到邀請了。」

喬子宥最近頻繁感受到的視線依然沒有消失，那目光會從四面八方投射而來，什麼奇怪的地方與角度都有。

於是她意識到，那東西並不是人類，可是也不像鬼魅，唯一的可能只剩下妖怪。

喬子宥擔心封會因爲她氣色不佳而詢問，但她最不希望的就是將封牽扯進來，所以她每到下課時間便趴在桌上睡覺，避開封的關心，也順便補眠。

李佳惠依然纏著封逼問任凱他們的事情，封覺得李佳惠的性格變得有些偏激，卻又不好說什麼，因爲她的確隱瞞了不少事情。

「小瘋子，妳過來一下。」穿著體育服的阿谷來到教室門口，引起學妹們的一陣驚呼。

「阿谷學長！」封還沒反應過來，李佳惠便率先往前門衝去。

趴在桌上的喬子宥只從臂膀間的縫隙瞄了一眼，便繼續趴著。

「學長，你找封有什麼事情嗎？」李佳惠的眼睛只差沒變成愛心了。

面對李佳惠的熱情，阿谷顯得有些卻步。

封無奈地看著李佳惠，阿谷乾笑著對她勾了勾手指，「小瘋子，過來。」

「幹麼？」封依然動也不動。

「不然學長你跟我說，我再轉達給封吧。」李佳惠雙手交握放在自己的臉頰邊，一臉期盼。

「妳過來啦！」阿谷又後退一步，試圖忽視李佳惠，並對著封猛招手。

李佳惠憤恨地轉過頭瞪了封一眼，封頓時一驚。奇怪了，她又招惹誰了啦！

封實在是無辜到了極點，面對李佳惠莫名其妙的嫉妒心，她想生氣，卻又不知道生氣的理由是什麼。

她拖著腳步，刻意從後門走出去，以免和李佳惠擦身而過，被迫接收她怨恨的眼神。

「叫妳也要叫個老半天，以後只要我叫一聲，妳三秒內就必須抵達！」阿谷好像看見救星一樣，立刻從前門飛奔到封的面前。

「我又不是狗！」封抱怨。

「對，妳是瘋子。」阿谷拉起她的手，迅速帶著她往至美樓的方向跑去。

「幹麼啦！」封看著自己被阿谷抓著的手腕，滿臉驚恐，因爲李佳惠的眼神簡直能殺人了。

「妳去了就知道。」阿谷興奮地說著，完全沒注意到封的窘境。

封一面跑一面偷偷回頭，看見李佳惠像厲鬼一樣渾身散發著怨氣，站在前門。她知道李佳惠喜歡看帥哥、喜歡聊八卦，可是這陣子她的反應實在太大了。還是說，她眞心喜歡上阿谷了？

封一路被阿谷拉著跑，來到了合作社門口，這時候的合作社沒什麼人，不過她還是看見有幾個學生在櫃檯向阿姨苦苦哀求，希望能多付一點錢先預定中午才會販售的夢幻逸品之一，咖哩麵包。簡單來說，他們就是想賄賂。

「不行，門都沒有，阿姨我可是很公平的。」那位名爲劉淑美的阿姨是創造出夢幻三逸品的最大功臣，她擁有一雙能夠做出各種美味料理的巧手，讓夢幻三逸品遠近馳名，除了咖哩麵包外，另外兩項分別是現榨芒果汁以及夢幻中的夢幻——手工布丁。

這三樣食物總是造成搶購盛況，封的夢想便是在畢業前一次搶到三逸品並且一起吃掉，可惜到目前爲止，她只搶到過兩次咖哩麵包，其他甚至連看都沒看過。

阿谷拉著封經過櫃檯，對劉淑美豎起拇指，劉淑美則朝他眨眨眼睛，然後阿谷便大搖大擺地往合作社後方走去。

「你們剛剛在幹麼？彼此拋媚眼？天啊阿谷，你跟劉阿姨搞不倫嗎？」封悄聲問，顯得驚訝不已。

阿谷猛然轉過身，毫不留情地用手指彈了她的額頭，「白痴，妳的腦袋裡到底裝什麼東西？」

「你幹麼啦，好痛喔！」封覺得很無辜，阿谷和劉阿姨本來就是在拋媚眼。

「我懶得跟妳解釋。」此時兩人已經走到合作社最裡面，阿谷準備打開前方的一扇門。

「等一下，這不是阿姨們的休息室嗎？我們不能進去啦！」

「妳小聲一點，不要引起注意。」阿谷不理會她的制止，逕自開門。

這是封第一次進來合作社的休息室，裡面的擺設很簡單，一張沙發和一張桌子，以及幾個櫃子，上面貼有合作社阿姨們的姓名標籤，供她們存放私人物品，另外還有飲水機和電視機等。

令封有些訝異的是，任凱居然就坐在沙發上，不過有阿谷在的地方就會有任凱，所以這還不算稀奇；更讓她訝異的是，沙發上還坐著一名有顆虎牙的少年，一個粗獷的男人站在他身後。

「小虎、獅爺，你們怎麼會在這裡？」封滿臉訝異。

小虎的目光不著痕跡地掃過阿谷抓著封的那隻手，露出人畜無害的笑容，「我收到任凱的訊息，他要我過來一趟。」

「你是怎麼進來的？不是要換證件嗎？而且還要有正當理由才行呢。」封走到旁邊坐下，「還是說，你假裝成學長的哥哥？」

「花栗鼠，妳可以先安靜一點嗎？」任凱有些不耐，因爲封一進來就問個不停。

「難道我問一下也不行嗎？」封咬著下唇。

見兩人馬上開始鬥嘴，小虎輕輕一笑，想起很久以前的那個「她」。

「我們是翻牆進來的，任凱推薦了一個好地點。話說，你們學校圍牆上插的碎玻璃也太多了吧。」

「我們早就懷疑盧老頭想刺死我們了。」阿谷說著，也坐到任凱身旁。

「可是，學長你爲什麼要找小虎來？」封又問。

「喬子宥沒跟妳一起？」

「沒有啊，要找她一起？」封搖搖頭，任凱轉而皺眉看向阿谷。

「我看她在睡覺，所以想說只找小瘋子就可以了吧。」阿谷連忙解釋，而且他一出現，李佳惠就立刻纏上來，讓他只想快點離開。

「怎麼了？是跟子宥有關的事嗎？」封想起氣色欠佳的喬子宥，擔憂地問。

「主要是因爲……」

任凱停了下來，因爲門被打開了，是劉淑美。封從來沒看過她笑得這麼燦爛，手上還端著一個托盤。

「哎呀哎呀，果然是物以類聚呢，想不到兩個小帥哥又帶來了另一個小帥哥。是哪一班的新同學嗎？」劉淑美完全無視坐在沙發上的封，直接硬擠到她和任凱中間，毫無準備的封就這樣被擠到地上，驚呼了一聲。

「哎呀哎呀，原來還有個女同學一起來了啊，抱歉哪，我沒注意到。」封揉著屁股站起身，並沒有錯過劉淑美眼神中的鄙夷，她忽然覺得劉淑美簡直就是阿姨版的李佳惠。

「沒關係。」封只能乾笑。

獅爺一如往常面無表情，小虎則皺起眉頭，因爲他發現任凱和阿谷都在憋笑。怎麼這一世的瘟對兩極如此不溫柔？

前。

「封，坐我旁邊吧。」小虎挪出空間，封投以感激的眼神，坐到他身邊。

「所以說，這位白髮帥哥是哪班的新同學呢？你的頭髮顏色還真是特別呢，刻意染的嗎？」劉淑美熱情地問著小虎，一邊將托盤上的東西一一放到三個男生面前。

這時候封才注意到，劉淑美端來的居然是夢幻三逸品。夢寐以求的美食就在眼前，封的眼睛都快被食物散發出的光芒閃瞎了。

「他是二年級的轉學生啦，今天先來學校看看。我跟他說劉美女不僅人漂亮，手藝也好，他聽了就說一定要來見見妳才行，所以我先帶他來讓妳認識一下。」任凱說著，隨手拿起桌上的咖哩麵包咬下。

雖然小虎根本沒有和任凱說過這種話，但他依然保持著微笑，沒有露出一絲破綻，二十歲的他要謊稱只有十七歲還不至於瞞不過去。

「那後面這位壯漢是……」劉淑美一副風情萬種的樣子，封卻差點笑出來。

「是我哥哥，他陪我一起過來。」小虎替他回答。

「哎呀哎呀，怎麼站著呢？來這裡坐啊。」劉淑美邊說邊看著封，眼神無比冰冷，完全沒打算隱藏心中的不屑。

「我去坐那邊的板凳……」封可憐兮兮的站起來。

小虎卻拉住她的手，「不用，妳坐在這裡就行。」他往封的方向靠近一些，空出另一側的位子，對獅爺說：「坐吧。」

「但……」

「坐吧。」小虎重複，獅爺遲疑幾秒後，極度僵硬地坐了下來，看樣子很不習慣和小虎坐在同一個地方。

「來吧，快吃看看，我對這些食物的美味度可是很有自信的唷。」劉淑美催促小虎和獅爺。

封看得都要流下口水了，阿谷和任凱幾乎已經要把自己的份吃光，而小虎禮貌性地拿起芒果汁，獅爺則連動都沒動。

「劉阿姨……我的呢？」封舉起手，天眞地發問，任凱和阿谷不禁噗哧笑出聲，劉淑美皺起眉頭，「妳沒有，只有這四份。」

「咦？爲什麼？」

「沒有爲什麼。」劉淑美嫌惡地撇過頭，看著小虎露出燦爛笑容，「你叫什麼名字？平常的興趣是什麼呢？等你之後正式入學，只要想吃合作社的任何東西，跟我說一聲，我就會幫你預留喔。」

「謝謝。」小虎淡淡回應。

可惡啊，劉阿姨！妳剛剛在櫃檯時，明明義正詞嚴地對其他學生說自己很公平，怎麼現在所作所爲完全不是這麼回事？不只不公平，還性別歧視！差別待遇！

封忍不住在內心抗議。

見封氣鼓鼓地嘟著嘴，雙手捏緊裙角，一副快要哭出來的模樣，任凱的嘴角勾起滿意的笑容。他看了阿谷一眼，阿谷馬上明白了他的意思，將麵包全部塞入口中後，便對劉淑美說：「劉美女，快要下課嘍，妳要不要先去準備一下？免得等等忙不過來。」

「哎呀，都這個時間了，那我先去前面忙了，等下再過來。」劉淑美起身，又轉過頭問：「要不要再幫你們多拿幾個咖哩麵包或布丁過來？」

封立刻舉手說要，但劉淑美徹底無視她。

「沒關係，不用了。」小虎有禮地說。

「小帥哥，別跟我客氣啊。」劉淑美嬌媚地笑著離開。

一關上門，阿谷和任凱立刻哈哈大笑著說小虎還眞是不得了，可以讓劉淑美再次湧現少女情懷。

「學長，分我吃一口好嗎……」現在封在意的只有夢幻三逸品，她只差沒有跪下求人了。

任凱對她露出迷人的笑容，接著把布丁一口吃光，又喝完芒果汁。

「那、那阿谷……」

「嗯？」阿谷早就全部吃乾淨了，他也揚起微笑。

可惡啊！他們明明知道她想吃這些食物很久了，把她叫來根本就是故意要欺負她，有夠壞心眼！

「惡劣！過分！壞透了！」封站了起來，含著眼淚跺腳指責，但她越是生氣，任凱和阿谷就越是開心。

看著眼前這一幕，小虎和獅爺不禁詫異，兩人互看一眼，接著獅爺把自己的那份食物推到封面前。

「兩極小姐。」

獅爺的舉動讓在場除了小虎以外的人都瞪大眼睛，不過三人訝異的理由各自不同。

「天啊！你這是要給我吃嗎？從今以後請讓我叫你一聲大哥吧！」封痛哭流涕的接受，感動不已。

「兩極是什麼？」阿谷問，心想大概是指南極和北極。

而任凱則是瞇起眼睛。連獅爺都知道兩極和瘟的事情嗎？

「妳就吃吧。」小虎輕笑，也將自己的咖哩麵包及布丁推到封的面前，「我的也給妳。」

「你們人怎麼都這麼好？跟這兩個大笨蛋完全不一樣！」封惡狠狠地瞪了任凱和阿谷一眼，阿谷聳聳肩，突然伸手搶過獅爺那份。

「臭阿谷！你幹什麼！」封驚呼，阿谷三兩下就把三樣食物吃掉大半，也不怕噎死。

「沒關係，還有我這一份。」小虎看著封生動的表情變化，不自覺地揚起微笑。這一世的兩極就像個普通女孩。

「可是這些東西眞的很好吃，不吃會後悔的，你確定要給我？」封又瞪了阿谷一眼，才轉向小虎問。雖然她想吃得不得了，但還是禮貌地再次確認。

「沒關係。」小虎點點頭。

封感激地一笑，立刻品嚐起來。咖哩融化在口中的感覺無比美妙，好吃到讓她幾乎連舌頭都要一起吞下去，芒果汁也非常好喝，還咬得到新鮮的芒果果肉，百分百現榨。而布丁……布丁呢？

「在這。」任凱賊笑著把手裡空空如也的布丁罐倒過來。

「你……你你你！」封氣到說不出完整的話來，任凱跟阿谷笑得更開心了。

看著眼前一派和平的景象，小虎揚起溫柔的微笑。

每當小虎用過於溫柔的眼神看著封時，任凱總是會覺得有些不舒服。不過，他還是傾身低聲說出要小虎過來的目的，正是由於阿谷遇見的怪事。

「膝蓋上有眼睛？」聽完原委後，小虎皺著眉頭，看了阿谷的膝蓋一眼。

「我檢查的時候什麼也沒有發現，但也許是因爲我看不到。」任凱以眼神示意阿谷捲起褲管。

雖然阿谷對小虎不是很了解，但因爲曾經在德新看過小虎施展能力，再加上任凱又主動找上小虎幫忙，所以他知道這個白髮男孩肯定很不得了。

他捲起褲管，膝蓋上依舊什麼也沒有，小虎瞇起眼睛專注凝視，任凱注意到他的瞳色變得稍淡。

不久，小虎抬起頭露出微笑，眼睛轉瞬變回原本的黑色，「沒事。」

「太好了！」阿谷鬆了一口氣，往椅背倒去。

任凱也放下心來，卻發現小虎的表情有些古怪，「有其他問題？」

「不是大問題，但我有點在意。」

阿谷連忙又直起身，「什麼東西？」

「似乎有些黑影，我看不太清楚。如果只是路過的普通妖怪，應該不會留下這種記號。」小虎傾身說。

「既然有留下記號，就代表還會回來。」任凱接話。

「我的媽啊！」阿谷慘叫。

「我不確定這是什麼，只能等下次出現時再看看了。」

「虎大人啊，還要等下次出現？能不能叫那玩意兒別再出現了？」阿谷原本以爲自己只怕鬼不怕妖怪，如今才知道，這種搞不清楚是什麼的東西也很可怕。

「該來的躲不掉。」小虎意有所指，他看了任凱一眼，任凱馬上明白了他話中的意思。

「我也沒辦法二十四小時待在你身邊，你自己要多加留意，如果有感覺什麼要出現，趕緊黏著任凱就對了。」小虎才剛說完，阿谷就立刻貼到任凱旁邊。

「別鬧了！」任凱推開阿谷，兩個男人黏在一起像什麼樣子。

「可是、可是……」阿谷難得結結巴巴，封看著他，一臉幸災樂禍，「阿谷羞羞臉！」

「妳信不信我會把這些咖哩抹到妳臉上？」阿谷指著殘留在塑膠外包裝上的咖哩，惡狠狠地威嚇。

「哼！」封嘟著嘴別過頭。

「你們別太欺負她了。」小虎輕笑。

「就是嘛！你們這兩個臭學長，看人家小虎多溫柔。」封見有人幫她說話，尾巴馬上翹了起來，揪著小虎的衣袖對任凱和阿谷吐舌頭。

「我大概只會對妳溫柔吧。」小虎想也沒想便脫口說，眾人瞬間愣了一下，封更是瞪大眼睛，隨即滿臉通紅。

獅爺靜靜看著眼前發生的事情，在心底輕輕嘆氣，但仍然面無表情。

「哇，幹麼啊。」阿谷語帶調侃。

任凱突然有種奇怪的感覺，從未感受過的異樣情緒從胃的底部蔓延上來，他不自覺地咳了一聲。

「這就是你今天找我來的目的？」

任凱聞言，目光在小虎臉上停頓了一會後，才開口：「不只這件事，還有喬子宥。」

「子宥？」聽到自己朋友的名字，封頓時沒心情不好意思了。

「她的氣色很差，今天我還看見她身上有黑氣纏繞。阿谷和喬子宥身上同時出現異狀，我在猜會不會是……」

任凱沒有將話說完，但小虎明白他是指兩極和瘟的朋友會受到不好的影響，因此點了點頭。

「但你們也不必刻意保持距離，這樣反而無法在發生意外時就近保護。」小虎看著顯然一頭霧水的阿谷，「你要讓他知道？」

「知道什麼？我其實不太想知道不科學的事情。」阿谷趕緊表態。

「我沒有想要隱瞞，不過也沒打算直接明說。」任凱嘆氣。

「對，你不用明說，我自己會觀察，反正要保護我就對了。」阿谷用力點頭。

「天啊，阿谷，你還是男人嗎？居然要別的男人保護……啊！你很髒耶！」封還沒把話講完，臉頰就被阿谷抹上了咖哩，她趕緊抽了張衛生紙擦拭。

「我剛剛就說過，我會把咖哩抹到妳臉上！」阿谷氣呼呼的。

獅爺有些傻眼，雖然他不曾見過以前的兩極，但小時候就聽過父親述說歷代兩極的事蹟，也看過零派得知兩極誕生時是如何心驚膽跳。

然而眼前的封不過就是個十六歲的高中少女，不僅平凡，甚至比一般女孩更普通，這樣一個人類，眞的就是能夠毀天滅地的「容器」兩極嗎？

小虎看穿了他心中的疑問，獅爺立刻收回狐疑的眼神，表情轉爲冰冷，並暗暗告誡自己，兩極就是兩極，不管外表看起來有多麼不堪一擊，她還是兩極。

兩極擁有龐大的力量，令各界競相爭奪。獅爺也曾親眼見過封使出漩渦狀的風，知道兩極只會越來越強大。

「你說子宥的身上有黑氣？學長，是什麼時候就有了？」擦掉臉上的咖哩後，封不忘追問這件事情，「她說她這幾天都做了惡夢，難怪臉色會這麼差，今天甚至還暈倒。而且子宥平常不會在學校睡覺的，可是最近下課時都在睡。」

夢。

這個關鍵字引起了任凱和小虎的注意，而阿谷接下來說的話更是令他們意外。

「其實我最近也會做惡夢欸。」

「夢境的內容是什麼？」小虎問。

「記不太得了，但不是很舒服，我好像在躲著什麼一樣，每次醒來後都覺得很累，像是根本沒睡。」阿谷聳聳肩，顯然不太在意。

「這有問題。」小虎站起來，獅爺也跟著起身，阿谷嚇了一跳。

「什、什麼問題？」阿谷戰戰兢兢。

「花栗鼠，妳還記得貘的事情吧？」

「貘？喔，你是說在咖啡廳遇見的怪物，那個詭異的夢境……所以是因為貘嗎？」封會意過來。

「不確定，也許是其他的貘在夢中侵蝕阿谷和喬子宥，導致他們睡不好或是產生幻覺。」小虎摸著下巴。

「這樣就能解釋喬子宥為什麼會暈倒，還有為什麼阿谷去找封時，會看到她在補眠。」任凱點頭。

「那該怎麼辦？」封和阿谷齊聲問。

「貘通常會在人入睡之後出現。」小虎說。

「可是那次在咖啡廳的時候，我們兩個都是清醒的，牠們還是出現啦。」封不解地說。

「夭壽喔，原來你們之前就遇到妖怪過了？」阿谷哇哇大叫，「阿凱，你怎麼都沒跟我講？」

「我跟你講幹麼？你不是不敢聽？」

「也是啦……但好歹讓我有個心理準備啊。」

「這樣遇到的時候眞的會比較不怕嗎？」封不懷好意地看著阿谷，卻又被阿谷拿著沾有咖哩的包裝袋突襲，「啊！我討厭你！」封尖叫，退到一旁拚命擦著臉。

「反正我也不喜歡妳！」阿谷一臉不屑。

小虎咳了一聲，讓眾人的注意力轉回自己身上，「貘通常會在人睡著以後才來到床邊食夢，上次封葉和任凱遇到的情況是特例，這代表妖界產生了變化。」

封一凜，發生變化的原因是因爲她嗎？

「不過阿谷和喬子宥遇到的事情不太一樣，這應該是典型的貘所做的事情，藉由入侵夢境使你們產生幻覺，進而影響你們的日常生活。想要解決的話，必須在你入睡時趁機將貘抓住。」

「那簡單啊，你今天就來我家，我睡覺你抓妖，這樣如何？」阿谷拍了一下手，認爲自己這個點子很好，小虎卻搖搖頭。

「區區一晚不可能抓到貘。」

「那還能怎麼辦？」阿谷攤手。

一旁的封思忖著，突然靈光一閃，「不如我們一起出去玩怎麼樣？」

「出去玩？哇靠小瘋子，妳記得妳的考試成績怎樣嗎？居然還想著要出去玩。」阿谷瞪大眼睛。

「哼！你又考得多好？一定都是滿江紅。而且我這是為了你們好，如果二十四小時都待在一起，抓到妖怪的機率不就變高了？」

阿谷挑眉，覺得封的想法確實有道理，於是轉頭看著任凱，「如何？」

「我沒什麼意見。」任凱聳聳肩。

封拿出手機滑著螢幕，「這禮拜不是剛好會補放之前校慶的假嗎？這樣有三天連假，就利用這禮拜怎麼樣？小虎，你咖啡廳的工作應該可以請假吧？」

突然被封點名，小虎有些錯愕，「我也要一起去？」

「當然啊，不然誰來收妖？」阿谷說得理所當然。

「是啊，而且我還是有很多不太清楚的事。」封一邊提防阿谷又把咖哩麵包的塑膠袋湊過來，一邊走回小虎身邊坐下，「你不是說要等事情發生的時候再解釋嗎？那如果你不在，誰來向我們解釋呢？」

小虎凝視著封認真的模樣，瞬間覺得時空彷彿錯亂了，他又回到了從前。獅爺適時站起身，身旁一空的感覺讓小虎回過神，轉頭瞥了一眼獅爺。

獅爺欲言又止，小虎轉回頭，給了封一個微笑，「出發時間確定之後再跟我說一聲。」

「好，沒問題！」封開心地回應。

他們交換了手機號碼，以便保持聯繫，而後小虎和獅爺翻牆離開學校。封看著動作俐落的兩人，心想，難道男生天生都是翻牆高手？

不過她總覺得獅爺根本不需要翻牆，他看起來光是直直走過去就能把牆壁直接撞碎。

「所以，花栗鼠，既然妳說要出去玩，那是打算要去哪？」任凱將手插在口袋裡。

「不知道耶。」封天真的笑容讓任凱看得有些火大，忍不住伸出手揉捏她的臉頰，「不知道、沒計畫就說要出去玩三天兩夜，我們要住哪？住宿費哪裡來？這些妳都沒想好？」

「嗚嗚，可速、可速泥剛剛也妹有……意見啊！」封好不容易掙脫任凱的手，卻發現阿谷趁她臉被捏得很醜的時候拍了好幾張照片。

可惡，她以後一定會被用這個把柄威脅。

「我以為妳都想好了。」任凱聳肩。

如果小虎有方法可以驅趕走纏著阿谷的妖怪，那他當然願意參與，而且如同封所說的，他們對很多事情都還不太清楚，如果可以和小虎一起行動是最好不過，萬一發生什麼意外，有小虎在場也比較容易解決。但是，也得先有個完整計畫才行。

「我還沒有想好啦，只是先提議嘛，現在再來找民宿也不遲吧？」封揉著自己被捏紅的臉頰，「不過沒有錢……」

任凱白她一眼，這時阿谷一彈指，「我忽然想到，朱小妹好像說過她哪個朋友家有座別墅。」

「好像？哪個朋友？你這句話也太多不確定的詞了。」任凱嘖了聲。

「就有一次打遊戲的時候，她在旁邊碎碎念提到的，所以我印象很薄弱啦，但今天去找她問問看不就行了？」

封還記得朱小妹，對方似乎比她小一、兩歲，在網咖打工，留著金色短髮，耳垂打了五個耳洞，看起來是很愛玩的類型，但其實挺守本分的。

「我不覺得她會願意去問朋友能不能把別墅借給我們住。」

「那可不一定。」阿谷曖昧地笑，「只要是你的要求，朱小妹應該都很樂意幫忙。」

「爲什麼？」封好奇地問。

「關妳屁事喔，快回去上課了啦。」阿谷直接趕人。

「哼！誰稀罕！」封氣呼呼的轉身，再度覺得李佳惠根本沒什麼好羨慕她的，她明明每次都被欺負。

「喬子宥的狀況比阿谷糟糕，妳多注意一些。」任凱在後面叮囑。

「我知道。」封回答，神情頓時凝重。

第五章

原本預定參與出遊計畫的成員是任凱、阿谷、封、喬子宥以及小虎和獅爺，可是獅爺並沒有跟來。

他們選定的住宿地點是朱小妹的別墅。決定一起出去玩的當天，阿谷和任凱放學後就到了網咖找朱小妹商談借住別墅的事情，卻意外得知擁有別墅的並不是朱小妹朋友家，而是朱小妹家。

「原來妳是有錢人家的大小姐？」阿谷大感訝異。

「唉唷，哪有啊，只是別墅而已，每個人家裡都有一兩棟吧？」朱小妹不好意思地揮著手。

「嗯，我確定妳是大小姐了。」阿谷無語。

所以，別墅的提供者朱小妹理所當然必須一同前往，這是封早就知道的事。

但集合當天出現了兩個不在計畫內的人。

「哇！哇！天啊，你是附近那間咖啡廳的服務生對吧？我都不知道封和子宥認識你耶！我叫做李佳惠，是她們的好朋友喔！」穿著露肩上衣搭配短裙的李佳惠興奮地向小虎自我介紹，小虎維持一貫的禮貌微笑。

「那女的是怎樣啊？」將行李與隨身包包都丟給阿谷拿的嬌小女孩雙手環胸，下巴抬得老高，看起來十分傲慢，但長相非常可愛。

「任性……不對，任馨女王，這些東西實在太重了，才三天而已，妳行李是不是帶得有點多了？」

任馨側過頭看向阿谷，眼神淩厲，嚇得他馬上噤聲。

「你姊姊怎麼一起來了？」封小聲地問任凱。

「我也想問李佳惠爲什麼會跟來。」任凱一臉疲累，語氣無奈。

封心領神會的點頭，都是不得已啊。李佳惠不知從哪聽來了消息，居然一大早就出現在她家門口，手裡提著行李，露出陽光般的燦爛笑容，「我也要去。」

封覺得任馨一起來沒有問題，但李佳惠就不一樣了，因爲李佳惠根本不知道妖怪、鬼魂一類的事情，純粹只是想要和學長們一起出去玩。

「那個，佳惠，我們不是去玩，所以……」在搭乘捷運前往集合地點的路上，封曾經鼓起勇氣開口，卻換來李佳惠怨毒的眼神。

「妳們現在是要把我排除在外就對了？」李佳惠忽然大吼，車廂裡的乘客全都看了過來，封尷尬地左右張望，要她小聲一些，卻換來更大聲的指責。

「沛亞死了後，我們就不是朋友嗎？妳跟子宥認識學長們之後變大牌了，不想甩我了是嗎？」

「不要把沛亞扯進來。」一提到林沛亞，封便不禁淚眼汪汪。林沛亞真正的死亡原因，還有她的本性，連喬子宥都不知道，封將這些當成了自己的祕密。

「如果不希望我提到沛亞，就不要把我當外人！」李佳惠雙眼通紅，看著如此氣憤的她，封什麼也說不出口了。

「對不起……」封小聲地說。

李佳惠拿出面紙，輕輕地擦去她的眼淚，露出溫柔的笑容，「沒關係，我好期待和大家一起玩喔。」

封說不上是哪裡不對，但她覺得李佳惠很奇怪，情緒的轉變實在太快了。與大家會合後，封偷偷將這件事告訴了喬子宥，喬子宥的氣色還是很差，只是皺著眉頭，「再觀察看看吧。」

一行八人上了接駁車，來到朱小妹家的別墅。

別墅位於郊區的山林間，這個地方有幾間民宿，還有一座森林公園，但都和別墅有段距離。

說是別墅，不如說是小木屋，兩層樓的木造外觀像是會在歐洲田野中見到的建築物，屋外還擺著幾組木桌椅，周遭被樹林環繞著，陽光的照射讓這棟小屋顯得相當明亮。

封深吸一口氣，感受到芬多精隨之湧入鼻腔。看著眼前的景致，她覺得這裡眞是棒透了。

「後面還有一個小池塘，以前有養一些魚啊、蝦啊之類的，但很久沒整理了，也不知道還在不在。」朱小妹來到木屋的大門前，先敲了門板三下。「打擾了。」

「這不是妳們家的房子嗎？」任凱皺眉問。

「是啊，可是很久沒有人住在這裡了，誰知道裡面會不會有其他東西？禮貌一點總是好的吧。」

「啊？其他東西？這種地方我可不想住，還是去外面的民宿……」阿谷一聽到這句話，立刻想跑，卻被任凱揪住後領。

「很久沒人來過的話，那裡面不就都是灰塵了？」李佳惠一副嫌棄的樣子，她不想因爲打掃而弄髒自己的衣服。

「喔，這個妳放心，我們有請清潔人員來打掃，所以裡面很乾淨啦……我開門嘍。」朱小妹推開大門，率先往裡面走去，其他人站在屋外彼此對看，直到朱小妹在裡頭喊：「怎麼還不進來？」才緩緩移動腳步。

「我跟你們介紹一下，一樓有客廳、廚房，還有一間浴室，後面那扇門是儲藏室。然後沒記錯的話，二樓應該有六個房間，看你們要怎麼分配，每一間都可以睡。」朱小妹將背包放到木地板上，在原地轉了一圈，「你們可以到處晃晃，就當自己家吧！」

「朱小妹，妳還眞的是有錢人耶，也許以後我該叫妳朱小姐？」阿谷背著背包踏上樓梯。

「你很煩欸！」朱小妹皺眉。

一行人紛紛咚咚咚的跑上樓梯，只有小虎和任凱還待在一樓。任凱習慣性檢查過每個角落，仔細感受有無其他東西存在。

但這裡很乾淨，乾淨到不可思議。他往窗外的樹林看去，那有好幾個黑影無意識地行走著，還有幾道佇立在樹後，往他們這邊看過來。

「喂。」任凱喊了小虎一聲，用眼神示意外面有東西。

小虎掛著微笑，一派輕鬆的走到他旁邊，一同望向外頭，「兩極與瘟都來到這了，他們怎麼能不騷動？」

「可是他們沒有進來。」任凱說完，看了小虎一眼，瞬間明白了是怎麼回事，「因爲有你在的緣故？」

「對，我能鎮住最基本、最無害，或是道行不夠的任何東西。」小虎說著，臉上看不出其他情緒，「不過要是對方抱持著強烈的恨意或是報復之心，或者如果是面對一群想奪走你們的妖怪，那對我來說可能就會有些麻煩。」

任凱挑眉，「有些麻煩是表示你還是有能力解決嗎？」

「我不敢肯定，但要是沒意外，基本上我都能解決。」小虎這麼說並不是出於自傲，而是因爲絕對的自信。

「你也想要兩極嗎？」任凱脫口而問，小虎笑容一凝，思索再三後，轉過頭回答：「想要的定義有很多種，但總歸來說，我當然想要。」

「那你爲什麼要幫我們？」任凱戒備起來。

「我只是讓你們更了解自己的身分與處境。我說過，現階段我還是你們的盟友，況且，當務之急應該是解決阿谷和喬子宥遇到的事，不是嗎？」小虎的話讓任凱無法反駁。

「你們看起來好嚴肅，在講什麼事情？該不會是阿凱你又看見什麼東西了吧？在哪邊在哪邊？」朱小妹興奮地東張西望，手甚至已經擺在胸前的相機快門上。

「妳眞是夠了，這邊很乾淨，乾淨得要命！」任凱用手指彈了她的額頭一下，朱小妹看起來很失望。

小虎輕笑一聲，「妳也知道任凱看得見？」

「當然啊，要不是有他的提醒，我可能早就被壞男人騙走了。」朱小妹拍拍胸口，「原來你也知道嗎？天啊，阿凱，你的陰陽眼已經是公開的祕密了嗎？今天來的人都知道？」

「封的一個朋友不知道，所以不要在她面前提起。」任凱搖搖頭。

「你是說有點三八的那個嗎？我不太喜歡她耶，沒什麼禮貌。」朱小妹皺起眉頭，任凱只能苦笑，此時阿谷和封從樓上下來，要他們上去看看房間。

六間房間分配給八人綽綽有餘，幾個人商量後，封與喬子宥分到上樓梯後右手邊第一間，中間是朱小妹，最裡面靠窗邊的房間則是李佳惠。

會這樣安排，是由於喬子宥和阿谷必須有人陪在身邊，而且李佳惠也樂得一個人住一個房間。而小虎是左手邊第一間，中間是阿谷與任凱，任馨在最裡面。

「我有請管理員幫我們準備烤肉用的食材，男生負責生火烤肉，女生坐在旁邊吃就行了，沒問題吧？」朱小妹徵詢所有女孩的意見，得到一致的拍手贊成。

阿谷本來想抱怨，但礙於任馨在場，他只能含恨把話吞回去。

夜晚來臨，氣溫隨之降低了一些，令這個夏夜增添了幾許涼意，火把與燈光將木屋外照得明亮。因爲小虎在場的緣故，所有不淨之物都保持著一定的距離，但目光從沒離開過他們。

「這看起來好好吃啊！」封拿起一根香腸，走到木桌前抽了張衛生紙，再走到木屋旁的搖椅上坐著。在這段過程中，樹林裡的眾多黑影一直盯著她的一舉一動。

好香、好香啊……

好想吃掉……

任凱聽見那些東西的喃喃低語，好幾次他們甚至舉起了手想靠近，卻馬上像是碰到了什麼一般，觸電似的退了回去。

「別去看，你越是在意，越會讓他們得到更強的力量。」小虎頭也沒抬，目光盯著自己面前的烤盤，一面注意食物的熟度一面說。

「我怎麼有辦法假裝沒看見？他們在注意那隻花栗鼠。」任凱壓低聲音，卻掩藏不住語氣中的煩躁。見封愉快地吃著東西，他不禁覺得看不見的人還眞是幸福。

「別忘了你是瘟，是災厄、是瘟疫，你越是注意黑暗的東西，就越是在無形中賦予他們力量。」小虎將烤好的肉片夾起，放進一邊的盤子，「這裡有我在，別擔心。」

任凱皺眉，雖然心中有些不滿，但他知道小虎是可靠的，也本能地相信小虎，雖然他依舊不喜歡這個人。

「任馨姊，妳今天不是要上課嗎？怎麼會跟我們一起來呢？」封喝了一大口飲料。

任馨優雅地擦去嘴邊的醬汁，斜眼瞥了瞥阿谷，「我忘記拿東西，特地回家一趟，卻看見這小子鬼鬼祟祟地在我家門口東張西望，我走到他旁邊喊了一聲，他就嚇得跪下大喊有鬼。」

「任馨女王，因爲妳走路都沒聲音嘛。」阿谷在一旁恭敬地說。

「所以，我就一起過來了。」任馨說完，視線投向任凱。

封還記得在紀崴事件的時候，任馨曾說過不希望任凱和「那個世界」靠得太近，雖然任馨平時總是很霸道，但由此能看出她還是個很關心弟弟的姊姊。大概是因爲阿谷的反應太大，讓任馨擔心任凱會不會又捲進了什麼事件，所以才會請假一起來這裡。

任馨又打量了一下小虎，她不像任凱一樣擁有陰陽眼，體質也不是特別敏感，但她研究過很多關於妖怪的典故，對於妖怪還算有點了解。

她記得曾在德新見過小虎，當時他身邊還有一個高大的男人，這兩個人顯然都不簡單，也感覺得出來不是常人，否則不可能有辦法收服魍魎。

任馨在心中嘆了口氣。任凱是什麼時候開始與那個世界越靠越近的？是在「任炎」死掉之後，還是之前？

「任馨姊，妳沒事吧？」喬子宥將剛烤好的肉片遞給任馨。

「嗯。」任馨接過食物，對喬子宥露出微笑。她也注意到喬子宥的氣色很差，不知道是不是因爲月光的關係，喬子宥的臉色看起來相當蒼白。

「妳是任凱學長的姊姊吧？果然學長家的基因很優良呢！我是他們的學妹，叫做李佳惠，我可以叫妳姊姊嗎？」雖然氣溫降低了，但穿著短裙的李佳惠並沒有多加件外套，顯得有些刻意。

任馨審視了一下突然湊過來的李佳惠，表現出一副懶得搭理的樣子，慢條斯理地吃著肉片。

「任姊姊也可以叫我佳惠就好喔，我跟封還有子宥是最好的朋友。對了，姊姊認識封和子宥嗎？要不要我介紹一下……」

任馨連回答都懶，她直接起身走到封的身邊，大聲問：「封，妳的朋友是怎麼回事？讓不讓人吃東西啊？」

「呃……那個……」封一時不知道該怎麼反應，只能慌張地來回看著任馨和臉色瞬間變得難看的李佳惠。

「任姊姊，如果妳看我不爽可以直接說，我是看在妳是學長姊姊的分上，才會跟妳搭話，妳以爲自己有什麼了不起嗎？」沒想到李佳惠居然怒氣沖沖的回敬，所有人都嚇傻了——除了小虎以外，他依舊翻動著自己負責烤的肉片。

「夭壽喔，妳不要這樣講話啦！」抖得最厲害的就屬阿谷了。

「我怎麼講話了？奇怪耶，爲什麼她就可以對我不禮貌？一點都不尊重我！」

李佳惠氣呼呼的跺腳。

「有禮貌也要看對象，妳憑哪一點配我的尊重？」任馨撥了下自己的卷髮，不屑之意表露無遺。

封用眼神向其他人求救，小虎一臉事不關己，任凱則是明顯不想蹚渾水，阿谷剛剛已經盡力阻止了，現在眼神死的在一旁放空，逃避現實。

朱小妹幸災樂禍地笑著，不時拿起相機往漆黑的樹林拍；而平常最擅長調解這種情況的喬子宥臉色發白，明顯十分不舒服。

「子宥！妳沒事吧？」封緊張地喊，大家的注意力都轉移了過來，小虎也抬起頭看著臉色發白的喬子宥。

「我先去躺一下好了。」喬子宥搖搖晃晃地站起身，封連忙上前攙扶，李佳惠卻雙手插腰站在原地，老大不高興。

「佳惠最近脾氣好暴躁。」爬上樓梯時，封回過頭確定李佳惠沒有跟來，便小聲對喬子宥發牢騷。

「她從以前就是這樣，不過最近真的有點誇張。」喬子宥苦笑。無奈她最近身體狀況不佳，不然可以多少壓制一下李佳惠的氣燄。

「是我的錯嗎？」封有些沮喪。難道她該告訴李佳惠一切？

「當然不是，別放在心上了，佳惠總有一天會明白的。」雖然嘴上這麼說，可是喬子宥心中也懷疑李佳惠是否眞的會懂。

但這番安慰的話還是讓封稍稍放寬了心，轉而說：「學長說妳的身體周圍有黑氣，看來妳應該早就感覺不舒服了，爲什麼不跟我說呢？」

喬子宥的眼神閃爍了下，勉強扯出笑容回應，「我以爲只是單純的不舒服。」

「是嗎？總之，妳以後有哪裡不舒服就要跟我說啦。」封打開房門，將喬子宥扶到靠牆的床鋪上，喬子宥躺好後便說：「妳回去和他們繼續烤肉吧，我躺一下，好一點之後就會下去。」

「我怎麼能讓妳一個人躺在這？這次一起出來的目的就是要讓我們二十四小時待在一起，找到機會抓住貘呀。」封之前曾將小虎的推測轉述給喬子宥聽。

「但是……」

「沒有什麼但是。」封打斷她的話，從自己的行李中找出一樣東西，懸掛在喬子宥的床頭。

「這是捕夢網，可以阻擋惡夢，留下好夢。」封對喬子宥說，「不知道對貘有沒有用，但掛著應該能夠安心點。我會待在這邊，妳就放心睡吧。」

喬子宥看著用柳樹做成外框，中間交織著紫色綿線，下方還垂吊著幾根羽毛的捕夢網，「謝謝。」

「不客氣。」封微微一笑。

喬子宥看了，胸口突然一悶。她是這麼地喜歡封，卻是離她最近也最遙遠的人，最近的距離是朋友，最遠的距離也是朋友。

這樣的苦澀在喬子宥的心中擴散開來，幾乎到了連呼吸都會令她疼痛的地步。光是看著封和任凱站在一起的畫面，她便難受得近乎發狂。

而現在又出現了小虎。

她對這個人並不了解，但今天她注意到了小虎的眼神。當他的視線追隨著封的身影，以及面對著封的時候，神情總是無比溫柔。

喬子宥已經分不清她的身體不舒服是因爲對封的感情得不到回應，還是因爲被妖怪所影響。

「妳還是出去好了。」

「讓我待在這邊啦，因爲小虎……」

「拜託妳，出去吧！」喬子宥用棉被蓋住自己的臉，對封吼道。

「咦……」封嚇了一跳，但仍然沒有起身。

「讓我靜一靜，反正就算眞的有妖怪來，小虎那傢伙也能感應到吧？暫時讓我一個人吧，請妳出去。」

「這……」封咬著下唇，猶豫再三後才說：「那妳要小心一點，如果有事情的話就大叫，或者打手機，嗯……我……」

悶在棉被裡的喬子宥沒有回應，封躊躇了一會兒後，才緩緩移動腳步來到門邊，在走出去前補了一句，「那我先下樓了，等等就回來。」

看著依舊沒反應的喬子宥，封小媳婦似的怯怯關上門，在門外停留了一會後，才沮喪地往樓梯走去。

聽見腳步聲消失在樓梯盡頭後，喬子宥才掀開棉被，看著房門的方向。

她嘆口氣，愣愣地盯著天花板，爲自己剛才的態度感到懊悔。

「我爲什麼要說那些話？我不是早就知道了嗎？」她自言自語，側身面對窗戶，外面的圓月亮得詭異，將房間內照得宛如白晝。

咚咚咚的腳步聲再次從房間外的樓梯傳來，喬子宥以爲是封又回來了，於是再次用棉被蓋住頭，而腳步聲停在門口。

「拜託給我一點空間，一下子就好了！」喬子宥吼著，然而對方沒有反應。

忽然間，腳步聲從門的方向緩緩來到床邊，喬子宥頓時大驚。她沒聽見開門聲，怎麼可能會有人進來？

她立刻掀開棉被，從床上彈了起來，但被月光映得清晰的房裡只有她一個人。

「錯覺？」還是老鼠？

喬子宥搖搖頭，那聲音怎麼聽都是人的腳步聲，像是沒穿鞋的腳踩著木地板。

一聲嘆息從後方響起，讓她瞬間寒毛直豎。她的背後就是牆，可是有東西夾在她與牆壁之間。

妳在嫉妒。

爲什麼不是自己受到青睞呢？

爲什麼老是會被攪局呢？

這是嫉妒啊。

「我受夠了！學長，你姊姊說話實在太過分了！」

當封回到屋外時，李佳惠正抓著一臉無奈的任凱猛力搖晃，而任馨盤腿坐在一旁玩著手機，彷彿事不關己。

「怎麼了？」趁李佳惠還沒注意到自己，封偷偷來到正在樹林邊拍照的朱小妹身旁。

「就吵來吵去的，也沒什麼啦，大概是因爲任馨姊的語氣很冷漠，句句瞧不起人，然後又沒人爲妳朋友幫腔吧。」朱小妹看著自己的相機螢幕，皺眉問：「怪了，妳怎麼會有這樣的朋友？」

「其實佳惠本性不壞啦，只是最近發生了一些事情，她心裡可能有些不平衡。總之，是我的問題。」封乾笑。

「要不要吃點東西？」小虎端著盤子走到封的身邊，上面放了許多菇類和青椒。

「沒有肉啊。」朱小妹失望地說。

「這些是封葉喜歡吃的。」小虎理所當然地說。

聞言，封有些訝異，「你怎麼知道我愛吃這些？」

「當然知道。」小虎瞇眼微笑。

封忽然覺得自己問了個蠢問題，因爲她是兩極嘛，肯定早就被各界徹底研究過了，說不定連她的三圍都知道呢。

她悶悶地叉起香菇和青椒，用力咬下。烤得恰到好處，好吃極了，於是她的心情又變得愉快。

朱小妹打量著他們，而後目光落到在不遠處烤肉的任凱身上。

任凱不時地往這邊瞄過來，完全沒有理睬纏著他的李佳惠，而阿谷正伺候著任馨吃東西。

嘖嘖，看樣子，這個人畜無害的女孩還眞受歡迎啊。朱小妹在心中竊笑。

小虎走回烤肉架那裡，任凱便到一旁吃東西，順便有一搭沒一搭地回應李佳惠的話。這時朱小妹立刻八卦的湊到封的身邊，好奇地問：「哪一個啊？」

「什麼哪一個？」封一頭霧水。

「阿凱和小虎啊。」

奇怪，怎麼每個人都問她類似的問題？李佳惠是問任凱和阿谷，朱小妹是問任凱和小虎，難不成其實她很受歡迎？

不不不，封連忙搖頭，告訴自己，這是因爲朱小妹和李佳惠都不明白眞正的情況，才會這樣亂想。

任凱是瘟，和兩極是一對，他們生生世世被追殺，這一世又相逢。

而小虎亦敵亦友，他關注的眼神是憐憫，不是愛情。

至於阿谷根本不在討論範圍內，這傢伙老是欺負她就算了，而且他喜歡的是綺夢學姊那種和她完全相反的類型。

「妳想太多了。」封無奈地拍拍朱小妹的肩膀，來到李佳惠身邊。

「子宥沒事嗎？」李佳惠隨口問。

「嗯，雖然有點奇怪……」

「怎樣奇怪？」任凱抬頭看著封。

這個反應讓李佳惠感到相當不悅，剛剛她對任凱講了那麼多話，他都愛理不理，可是封一過來，任凱就馬上搭話，還一副很關心喬子宥的樣子。

難道說，就連一點都不像女孩子的喬子宥，都比自己更受男生的歡迎？

李佳惠越想越生氣，猛地推了封一把，腳步沒站穩的封就這樣往後跌去。

任凱連忙起身，但後面的小虎動作更快，馬上用類似公主抱的方式一把攬住了封。封瞬間像是仰躺在他的懷裡，眼前只有天上的月亮，以及小虎那雙極其溫柔的眼睛。

「沒事吧？」小虎的聲音彷彿變得很遙遠，這一切忽然令封的內心觸動不已。

「沒、沒事。」封尷尬地站起來，壓抑住心中莫名的激動。

兩人都站好後，小虎依然抓著封的一隻手，旁邊的任馨瞥了一眼，繼續吃著阿谷先前送上的食物，此時阿谷正在幫她按摩肩膀。

朱小妹勾著看好戲般的微笑望著這一幕，李佳惠則更是火大到極點，立刻就想上前將他們兩人分開，但任凱卻搶先往前一步，拉住封的另一隻手。

「哇！」因爲突如其來的拉力，封往任凱那裡跌了過去，任凱回過神，對自己下意識的舉動感到不解。

「花栗鼠，難道跌倒是妳的專長嗎？」他放開封的手臂，彈了她的額頭一下。

「好痛！」封滿臉委屈，任凱打她老是毫不留情。

「你別對她這麼凶。」小虎皺眉。

「我一直以來都是這樣。」任凱滿不在乎。

「你看！他很過分對不對！我要打113專線，制裁這個壞蛋！」封揉著額頭，不滿地說。

「113？妳是受到家暴，還是兒童受虐？」任凱不懷好意，封馬上紅了臉，「你少、少臭美！誰要跟你一家人！」

任凱大笑出聲，逗弄封總是可以讓他愉快無比。

這樣的互動看在其他人眼裡就是打情罵俏，不過阿谷忙於伺候眼前的女王大人，沒有閒工夫調侃，而任馨對自己弟弟的戀情一點也沒有興趣，甚至還覺得有點噁心，所以她皺著眉頭踹了阿谷一腳發洩。

李佳惠的怒氣上升到了極點，即便她明明一點生氣的立場也沒有。

她氣呼呼的撞開封，往樹林裡跑去，身影一下子消失在黑夜中。

「她跑出我的結界了。」小虎輕聲說，卻不怎麼在乎。

「佳惠！」封拔腿想追上去，但被小虎拉住了。

「妳想做什麼？」

「去追她啊，不然佳惠一個人待在樹林，如果有什麼東西該怎麼辦？」

樹林裡絕對有東西，而且還不少，任凱隨便一瞥都能看到有東西盤踞在樹梢或是空中，連剛剛李佳惠跑走的時候，都有東西跟著。

他嘆了一口氣，做爲妖怪眼中的唐僧肉，封是絕對不能一個人去追的。

人。

「我去找她吧。」任凱正要邁出步伐，卻也被小虎叫住。

「你也不適合進去。」

任凱是瘟，雖然處境沒有身爲兩極的封那麼危險，但同樣是妖怪的目標。

「那該怎麼辦？」任凱兩手一攤，小虎的視線隨即投向後面一副事不關己的三人。

「他們？他們才是毫不相干的人，況且阿谷還被妖怪纏著。」任凱低聲說。

「那又是誰讓這麼多不相干的人一起來？」小虎微笑著問，任凱一時語塞。小虎又說：「放心，我不會讓他們隻身前往。」

他用食指畫了一個圈，身後出現了三隻白色的小型四足獸，小獸的頭上生有兩根長長的角，繞著小虎的肩頸處跑，偶爾停下來踢踢腳、甩甩頭。

封看不見那三隻生物，只見得到些微白光，任凱嘆口氣，對站在後面的三人說：「麻煩你們去找李佳惠行嗎？」

「嗄？樹林裡那麼黑欸！」阿谷第一個發難，他一點也不想在晚上進入黑漆漆的樹林，誰知道有什麼東西。

「關我什麼事？她要去就讓她去啊。」任馨伸手，阿谷連忙遞上水杯，「她最後總會自己回來的。」

「哎呀，裡面蚊子很多呢。」朱小妹吐吐舌頭。

「快去找她，別囉嗦一堆。」任凱沒好氣的說，任馨皺起眉頭。

「憑什麼要我去？」

「求求你們，任馨姊，如果可以的話，我也很想自己去找……」封咬著下唇，很是委屈，朱小妹頓時有些心軟了。

「我去看看好了，畢竟是在我家別墅附近，發生什麼事情的話我也有責任。」朱小妹拿起相機，心想也許在夜晚進樹林可以拍到什麼鬼東西。

「有人去就好了，我要回房。」任馨站起來，阿谷鬆了口氣，他終於不用再伺候這位大小姐了。

「請你們都去找她吧，今晚這裡不會平靜，樹林裡亦然。」小虎微笑著，任馨惱怒的回頭，卻在接觸到小虎的目光時放軟了態度。

任馨知道這個男孩很不簡單，她再怎樣任性，也明白現在不是使性子的時候。雖然李佳惠的死活與她一點關係也沒有，但若有能力，她還是不會真的坐視不管，她剛才不過是在賭氣。

「麻煩死了……」任馨抱怨，「阿谷，跟我過來。」

「咦？我、我也要去嗎？我覺得我應該留守在這邊，免得有狼或是熊跑出來……」

「阿谷。」

「是，我立刻跟上。」任馨淡淡喊了一聲，阿谷只得吞下所有怨言，欲哭無淚的他怨恨地看了任凱一眼，跟著任馨進入樹林。

「希望能拍到一些靈異照片！」和阿谷的心態完全相反的朱小妹也興奮地往樹林走。

小虎彈指，肩上的三隻小獸追隨前方三人而去。

李佳惠感到十分憤怒，她的內心彷彿有熊熊烈火在燃燒，但她不知道自己爲什麼生氣，只知道每當她看著封的臉時，便會沒來由地覺得火大。

嫉妒。

這叫做嫉妒。

有個聲音在她的腦中迴盪。

她嫉妒嗎？

是的，她嫉妒封，封的身邊有全校最受歡迎的任凱學長與阿谷學長，他們之間有種特別的默契，共享著她所不知道的祕密。

而如今連喬子宥都和他們變得熟悉了，她卻依然被排拒在外。

其實在林沛亞還活著的時候，她們幾個的關係本來就相當微妙，林沛亞與她們保持著距離，而喬子宥對封懷有特殊感情，李佳惠則是因為她們都是亮眼的人才刻意接近。

人和人的往來不就是為了彼此利用嗎？

沒想到林沛亞死後，她們的友情出現了明顯變化，喬子宥和封之間似乎突然變得毫無隔閡，還先後認識了兩個學長。

事情怎麼會發展成這樣？

走在樹林中，李佳惠越想越不甘心。

除了嫉妒以外，她還羨慕著封，因為身邊的每個人都喜歡封。為什麼在封那個位置的人不是她？

她好想取代封！

妳想成為她嗎？

「什麼人？」李佳惠停下腳步，四下張望。月光亮得詭異，將一切照得清晰，但她沒有見到其他人。

為什麼會是她？我明明不比她差啊。

「是誰？躲在哪？快出來！」那聲音近得像是就在耳邊，李佳惠在原地轉了一圈，恐懼逐漸襲上心頭。

「別怕，我不是壞人。」聲音再度從後方傳來，李佳惠連忙旋身，見到有個女人站在一棵樹後面。

「妳是誰？」李佳惠瞇眼，警戒地往後退。

「我是妳的夥伴，那種心情我比誰都懂。」女人露出半張白皙的臉龐，「我們的條件也很好啊，甚至比她更好，為什麼他們選擇的卻都是她？」

李佳惠聞言，眼神迷濛起來，身體微微放鬆，精神也逐漸恍惚。

「口口聲聲說是最要好的朋友，卻隱瞞了那麼多事情，獨占了所有男人，排擠我、在我背後說壞話，讓那些男人產生誤會，對我敬而遠之。」

女人呢喃的聲音直入李佳惠的腦海，蠱惑似的迴盪，她的目光轉為空洞，眼神卻十分堅定。

「為什麼？我明明比她優秀、比她漂亮、比她好，那些男人為什麼就不看看我？如果沒有她就好了，如果我能取代她就好了！如果她消失就好了！」李佳惠喊著，站在樹後的女人勾起笑容，緩緩走出來。

逆著月光，李佳惠看不清楚她的容貌，但已經不再害怕。

女人的雙眼明亮，像一個黑洞般將她吸入，曳地的豔紅和服如鮮血一般，占滿了李佳惠的視線。

「是呀，如果她消失就好了，例如鬼隱。」女人說道。

第六章

封在小木屋前焦急地來回踱步，她好幾次想要衝進樹林裡找李佳惠，卻都被任凱拉住。

「阿谷他們已經去找她了，妳安分一點。」任凱不耐煩地說。

「可我就是擔心啊，她剛剛那樣子……」

「像個神經病一樣。」任凱大翻白眼。

「不能怪她，兩極身邊的人若沒有堅定的心志，很容易受到影響。」小虎慢條斯理地整理著桌面，將剩餘的食物一一放入保鮮盒中。

「你的意思是，會被妖怪跟阿飄纏上？」封睜圓眼睛。

「不只這樣，還有容易產生負面情緒。畢竟兩極是極爲矛盾的存在，一般的人類無法承受，心中的負面會因此擴大，導致本身原有的缺陷更加明顯。」

封咬著下唇，「所以我的朋友會遇到不好的事情，不管是被某些東西纏上，或是情緒出現異常，都是因爲在我身邊的關係嗎？」

小虎停下手上的動作，輕靠在桌邊，和任凱對上眼。

「嚴格說起來，是。但這並不是全部的原因，還與他們個人有關。」

見封一臉茫然，任凱沒好氣的接話：「就好像雖然我也會影響到阿谷，但阿谷不還是活蹦亂跳的？」

「可是阿谷和子宥都被奇怪的東西纏上了啊。」封立刻反駁。

任凱搔搔後腦，「是這樣沒錯，不過他們並沒有像李佳惠那樣情緒暴躁啊。」

「可是子宥都不舒服到要躺在床上了。」封皺眉，「我上去看看她好了。」

「妳現在先別離開我的視線範圍。」小虎抬頭看著月亮，「風向開始在變，不管你們願不願意，都已經對整個世界產生影響。」

封垂下眼簾，心想，她的父母會不會也受到了影響？

她忽然想起在家中遇見九夜的事情，這件事她還沒告訴任凱和小虎。於是她抬起頭，這時樹林卻傳來一陣騷動。

「我放棄了，在東邊沒有找到她人，而且那裡感覺不是很好，所以我就決定先回來了。」任馨從樹林裡走出來，跟在她後面的白色小獸身軀有一部分染黑。

小虎輕輕皺眉，一個彈指，小獸便進入他身後的扭曲空間消失。

「阿谷呢？」任凱張望了一下。

「他中途被忽然飛過的鳥嚇到，哇哇叫著跑掉了，不知道到哪去了。」任馨走到木桌邊倒了杯水喝。

「回來了，什麼也沒有。」朱小妹也回來了，表情有些失望，「而且沒拍到靈異照片。」

「妳是有多想遇到啊？」阿谷隨後出現，模樣狼狽，「差點被嚇死，裡面烏漆抹黑的，還好月光夠亮。」阿谷邊說邊指著天上的月亮。

封抬頭，發現月亮又圓又大，亮得異常。

「你們都沒找到佳惠？」她更加不安了。

「沒看見。」三人都搖頭或聳肩。

「你們在找我嗎？」李佳惠突然從樹林裡走出，面上帶著笑意。

封鬆了一口氣，立即迎上前，「妳去哪裡了？晚上這樣亂跑很危險的。」

「抱歉抱歉，我只是想散一下步，呼吸新鮮空氣。」李佳惠微笑著撫摸封的臉頰，彷彿之前什麼事也沒有發生。

「就說她會自己回來吧。眞是蠢斃了，我要去洗澡了。」任馨翻了個白眼，往木屋裡走去。

「任馨小姐……幫忙一下收東西啊……」阿谷徒勞無功的小聲說，最後只能含淚開始協助收拾，「阿凱，爲什麼你的姊姊都是我在伺候啊？」

「你可以不用伺候啊。」

「哪有可能？這簡直比不可能的任務還不可能。」阿谷沒好氣的說。

小虎望著從朱小妹和阿谷那邊收回的小獸，跟著朱小妹的依舊精神奕奕，而跟著阿谷的那隻身上有些傷痕，不過阿谷本人的氣色還不算太差。

「抱歉啊，剛才我好像有點凶，還忍不住推了妳一把，沒事吧？」李佳惠拉著封的手左右晃著。

「沒什麼啦，妳不用道歉的。」封有些意外，李佳惠的心情似乎變好了。

「太好了，謝謝妳不計較。」李佳惠雙手合十，吐了吐舌頭，「那我先回房間嘍。」說完，她蹦蹦跳跳地走向木屋。

封疑惑地望著一旁的任凱和小虎，想知道他們的看法，任凱聳聳肩，小虎則是淺笑不答。反正女人心海底針，這也沒什麼稀奇。

在場所有人一起收拾桌面上的東西，朱小妹還在扼腕自己都進去黑漆漆的樹林裡了，卻什麼也沒拍到，一句「好想要有靈感體驗」的話讓阿谷打了個冷顫，高喊著童言無忌、妖魔鬼怪速速退散，於是朱小妹笑個不停。

而小虎始終掛著溫和的笑容，不時抬頭凝望月亮，封注意到這個舉動，不由得盯著他，接著也往上看向月亮，如此重複著這兩個動作。

「妳在看什麼？」任凱往封的視線方向望去，隨即皺起眉頭，「對小虎有興趣？」

「你就沒興趣嗎？」沒聽出話中深意的封輕聲說：「小虎給我一種……很奇怪的感覺。」

「這沒什麼啊，我也覺得他很怪。」

「不，我不是指那種怪，是一種……很……哎呀，我不會說啦。」封端起盤子，歪頭思考著往木屋走去。

任凱看了看封離去的背影，又望向依然看著月亮的小虎，這時其他人也都進到木屋裡了，任凱便問：「月亮怎麼了嗎？」

「大得詭異，也圓得不可思議。」

「大概今天是十五號吧。」任凱隨口說。

小虎搖頭，「日月星辰在逐漸發生變化。」

任凱頓時一凜，「是因爲封的關係？還是因爲我？」

「都有。」小虎的目光投向木屋，「多注意一下李佳惠。」

「你看見什麼了嗎？」

「不，什麼也沒有。但我覺得心中不太踏實。」小虎搖頭。

在李佳惠返回的當下，小虎瞇起了轉爲褐色的眼眸，可是李佳惠的身上或內心都沒有被任何東西依附，再加上她能夠進入結界內，照理說應該不會有問題。

但他就是感到不對勁，李佳惠給人的感覺不太一樣。

「我知道了。至於貘，你有什麼打算？」

小虎從自己的包裡拿出一個圓形飾品，上面有藍色的棉線交織，下方則分別有三條垂吊著羽毛與小型寶石的絲線，「用這個。」

「捕夢網？」

喬子宥聽到了詭異的腳步聲，她原本想看清楚來者是誰，卻聽見一個女人的聲音對她說，令她感到難受的原因是嫉妒，接著她便昏睡過去。

在夢中，喬子宥又一次在樹林裡奔跑，影子在月光下拉得很長。她穿梭在樹林間，跑得氣喘吁吁，後面的東西卻鍥而不捨地追趕著她。

她想求饒，可是怎麼樣也發不出聲音，只能不停地逃。

封呢？兩個學長呢？還有咖啡廳的服務生、李佳惠和其他兩個女生呢？

爲什麼她被單獨留在這裡了？

爲什麼周遭除了月光以外，沒有其他光亮？

爲什麼、爲什麼，爲什麼她是女生，爲什麼封不喜歡她呢？

爲什麼是任凱？爲什麼是小虎？

我好嫉妒啊、好羨慕啊、好怨恨啊！

強烈的孤寂和嫉妒逐漸侵蝕著喬子宥的心，她痛苦不堪，停下腳步轉頭望去，想看清楚追逐她的究竟是什麼。

漆黑的樹林中傳來輕微的腳步聲。

沙、沙、沙。

一雙穿著分趾襪踏著草履的腳出現，對方身著鮮紅色的和服，銅鈴般的大眼在黑暗中盯著她。

「妳是誰？」喬子宥感受到有股強烈的負面情緒襲來。

女人朝她伸出手，喬子宥想退，身體卻無法動彈。接著，女人的身邊出現了兩隻身形像熊、鼻子如象、腿又似虎的生物，散發出噁心的臭味，不斷發出「唏嚕」聲響。

忽然，女人的指尖碰觸到一張紫色的網子，那張網像是防護罩一樣從地面延伸至天空，從左邊的盡頭延展至右邊的盡頭。

女人停下手，貘則嘶吼著拚命衝撞，卻觸電般彈回。

女人慢慢往後退，消失在黑暗之中，而貘在紫網前徘徊了一會後，也消失了。

不愉快的氣息瞬間消散，喬子宥深深吸氣再吐氣，覺得整個人舒服多了。

當她睜開眼睛的時候，看見封就坐在另一張床上，正看著靜音的電視節目愍笑。

喬子宥翻了個身，封馬上轉過頭，「妳醒啦？怎麼樣？睡得好嗎？」

「嗯。」她看了看手錶，正好十一點，「你們烤肉結束了？」

「對呀，妳會不會餓？要不要我幫妳弄些什麼？」封關心地問。

「沒關係，不用了。佳惠呢？沒事了嗎？」

「她沒事了啦，剛剛還來房間找我聊天呢，她笑得很大聲，還好妳睡得很熟，沒有被吵醒。精神好多了嗎？」

「輕鬆不少。」喬子宥露出一抹真心的笑容。

「那就好！」封開心地拍手，此時敲門聲傳來，她連忙起身去應門。門一開，站在外面的是小虎，「怎麼了嗎？」封有些訝異。

「妳的朋友好些了嗎？」

「她剛睡醒，應該好多了。」封點點頭。

喬子宥往門口看去。

「我是來送這個的。」小虎拿出藍色的捕夢網。「掛在床頭，可以讓妳睡得比較安穩。」

「啊，我剛剛也有給她，我買了紫色的捕夢網。」封驚訝地說，對小虎微笑，「我們很有默契呢！」

我們很有默契呢！

小虎瞪大眼睛，許久以前的回憶像是破碎的拼圖般，忽然一片片閃過他的腦海。記憶中，她也曾笑著說過這句話。

「掛兩個捕夢網說不定會更有效呢，不過你的捕夢網比較不一樣。」封接過小虎的藍色捕夢網端詳著，發現和她的比起來多了幾顆寶石。

「那是稍微經過加持的護身物。掛上捕夢網後有睡得比較好嗎？」小虎問喬子宥，「方便的話，可以跟我說說妳做的惡夢嗎？」

喬子宥點頭，掀開棉被坐到床邊，開始述說，封則往後退讓出空間給小虎。說到那名女人碰到紫色網子、而貘也被阻擋住的地方，封低低驚呼了一聲，她沒想到捕夢網會這麼有用。

小虎摸著下巴，走到床邊，將掛在上面的紫色捕夢網拿起來，眉頭緊皺。

「怎麼了嗎？」因爲角度的關係，封和喬子宥看不到捕夢網，兩人對看一眼，不明白小虎爲何變了臉色。

小虎舉起紫色捕夢網，封忍不住驚叫，而喬子宥倏地瞪大眼睛。

紫色的網子像是被利爪抓過似的，棉線斷裂鬆開，外框坑坑疤疤，垂在底下的羽毛也落得差不多了。

「捕夢網保護妳了嗎？」封抓著喬子宥的手臂，微微顫抖。

「謝謝妳，封。」喬子宥感激無比。如果沒有捕夢網的守護，剛剛在夢中時，她會被那女人怎麼樣？

小虎瞇起眼睛，雙瞳逐漸轉爲褐色，他的視覺、嗅覺都變得靈敏無比，很快察覺到紫色的捕夢網上殘留著一些氣味。

貘確實來過，但還有另一種很熟悉的味道。

忽然，小虎明白了什麼，眼珠子恢復黑色，眼神變得陰沉。

「今天晚上換成用這個藍色的，我去阿谷那邊看看。」他將藍色捕夢網掛到床頭後，便往門口走去，封跟著他來到走廊上。

「子宥會沒事嗎？那些東西到底想對她怎麼樣？爲什麼會纏上我的朋友？」

「正因爲是『妳』的朋友。」小虎憐憫地看著封。「這是兩極的宿命。」

「是想利用我的朋友打擊我？」封不敢置信。

「或是得到妳。總之，妳現在別多想，妳若慌了，將會影響到更多人。那個藍色捕夢網的效果會更好，今晚妳們會很安全。」小虎原本想摸上封的臉頰，手卻停滯在半空中，最後作罷。

封默然不語。

「別再想了，妳一副擔心的樣子，不是會讓妳的朋友更不安嗎？」小虎勸慰，這句話讓封抬起頭。

她拍打著自己的臉頰，打起精神，「我明白了，我最大的優點和特色就是樂觀跟常常耍白痴，我應該要笑才對。」

小虎揚起溫柔的微笑，「對，妳就該是這樣。」

封不好意思地笑了笑，感激地看著小虎，「謝謝你，如果沒有你，很多時候我們眞的不知道該怎麼辦。」

小虎聽了，笑容一僵，緩緩轉爲面無表情的模樣。

「小虎？」

「別相信任何人，封葉，包括我。」

「可是……」

「妳有沒有想過，也許我對妳好是另有目的？」小虎的眼神冰冷。「也許是爲了獨占妳？」

「爲了你背後的家族嗎？」封問，小虎頓時一愣。

「也許是，也許不是。」他轉過身，月光從走廊另一頭的窗戶照射進來，將兩人身後的影子拉長。

「今晚不適合討論這些，妳快去休息吧。」小虎說完就朝走廊前方走去，封再三猶豫，才轉身回房並關上門。

小虎在走廊上站了一會兒，才敲了任凱與阿谷的房門。

「掛在床頭了嗎？」來應門的是任凱，稍早小虎已經將另一個捕夢網交給他。

「嗯，目前沒什麼異狀，我看他也睡得很熟。」任凱往旁邊讓開，讓小虎看見躺在床上呼呼大睡的阿谷，「花栗鼠那邊呢？」

小虎拿出殘破的紫色捕夢網，「這是封葉先給喬子宥的，沒想到她也會想到捕夢網這東西。總之，這個被抓破了。」

任凱瞪大眼睛，「所以貘已經找上喬子宥了？但怎麼可能，你不是有設下結界？」

「跟在咖啡廳的時候一樣，即使我設下了結界，那些東西還是有辦法進來，貘比較特殊，牠們可以走夢道。」

「夢道？」

「那是夢境中專有的道路，不存在於現世或是彼岸，而是屬於幻世。貘可以不受任何拘束，從夢道通往夢境，給予沉睡者惡夢或者美夢，而捕夢網便是一個能夠阻擋牠們的物品。但在咖啡廳時，你們兩個都沒睡著，卻被強制帶入夢境，這是妖怪能力增強的證明。」

「因為兩極與瘟？」

「對，封的覺醒讓妖怪們都嚐到了能力提升的滋味。」任凱自嘲。

「而我的覺醒就是陰陽眼？還眞是一點用也沒有。」

「不，你能使鬼。」小虎肯定地說。

「使鬼？你的意思是控制他們？」

「沒錯，本來你早該覺醒了，目前卻完全不見任何端倪，這很反常。」小虎望了眼外面的月色，準備離開，「早點休息吧。」

「你先說清楚再走。」任凱擋住他的去路。

「我已經說得夠清楚了，你能使鬼，但力量還沒有覺醒。」小虎隱隱散發出威壓，讓任凱不自覺地畏懼。

這是一種本能，當狩獵者逼近時，任何生物都會自然感到恐懼。

「我等等有事情要解決，會暫時不在這裡，必須去加強結界。雖然只要有捕夢網，今晚絕對能防住貘，只是這並非長遠之計，還是必須將幕後主使者揪出來。」

「我能幫上什麼忙嗎？」任凱問。

小虎微微苦笑，看著窗外，「只要快點覺醒，保護好封就行了。」

「其他呢？」

「你給不起其他東西的。」小虎說，眼底有著深沉的冰冷。

「也許我是眞的不能給。」任凱同樣神情冷峻。

兩個少年對望，最終是小虎先露出友善的微笑，擺擺手後往樓下走去。

他給不起的東西是什麼？

任凱不願去想。如果是他伸手便可以觸及、可以保護的東西，那他又何必交給其他人？

他凝視著封的房門好一會兒，才回到自己房內。

在木屋前的空地上，有一名髮色銀白的男孩站在那裡，月光灑落在他的身上，像是有許多銀白色的小粒子包圍著他。

他拿著手機，話筒那端一陣靜默。對於小虎剛才所提出的質疑，對方顯然無法置信。

「……她們和我們之間有契約。」獅爺終於回話。

「這剛好可以解釋為什麼我的結界沒有用。」小虎冷笑。

「我必須先通報零主子。」

「我說過了，別叫他主子。」小虎翻白眼。

「但鬼女一族為什麼要這樣做？」獅爺又說。

小虎失笑，「這還需要問嗎？」

對方可是兩極，哪一族的妖怪不想擁有？

鬼女一族與人類簽下契約一事，在妖界中是個天大的笑話，強大的鬼女居然因爲輕敵而敗給人類，簽下無限期的契約，任憑壽命有限的人類差遣。

若有機會奪得兩極，她們將得到龐大的力量，屆時即便毀約也不怕面對零派因此再次發起戰爭。

「不過我還沒有證據，光憑穿著紅色和服這一點，也不能證明對方就是鬼女。」雖然八九不離十，但小虎不想把話說死。

「鬼女跟貘聯手，想透過兩極和瘟身邊的朋友傷害他們？」獅爺沉思，「我該跟您一起去才是。」

「我說過不需要。」小虎態度堅決。

「但您單獨在那裡，恐怕……」

「你是擔心我一個人無法應付妖怪，還是擔心我無法面對兩極？」小虎勾起不帶感情的笑容。

「關於妖怪的部分，我並不擔心。」

獅爺委婉地說，小虎不禁笑出聲。

「我生爲零家人，一直都很清楚哪裡是該站的位置，否則我當初就不會離開了。」

「……我明白。」

小虎抬頭看著月亮，「想必零也注意到異常了吧。」

「西方世界出現災害，不合常理的颶風引發百年未見的大洪水，因此流離失所的民眾有好幾百萬，死傷慘重。」

「這是兩極和瘟引起的天災。」小虎點點頭。影響潮汐變化與氣候只是其中一種情況。

「時間到了，聽說有些妖怪已經行動。」獅爺又說。

小虎挑眉，「我還會不知道嗎？貘都這麼明目張膽了。貘有夢道，能夠入侵我並不意外，但在咖啡廳時，若不是有鬼女一族幫忙，牠們怎麼可能有辦法大搖大擺踩進我的地盤？」

「我會回報，請小心為上。」

掛掉電話後，小虎凝望著皎潔的月光，思緒忽然飄回很久以前，想起在一樣的月光下，「她」曾經說過的話。

「我們會在一起的，對吧？」

「沒有任何人或是任何生物有權阻止我們，對吧？」

「我們會盡全力守護一切的，對吧？」

小虎揉揉發酸的眼睛，那些情景歷歷在目，言猶在耳，只是人事已非。

她已不在，他亦不在。

在某處深山之中，有座融合中式和日式建築風格的大宅，名爲零的年輕當家坐在緣廊邊，搖著手中的扇子，看著天空中詭異的圓月。

又一條池中鯉魚躍出水面，翻了白肚，侍僕連忙走過來，拿著網子去撈死去的鯉魚，但才剛撈起，又有另一隻翻肚浮上。

「別撈了，就那樣吧。」侍僕手忙腳亂，近日來他不知撈起了多少魚屍，零見狀便開口說。

「但死亡是穢氣，不該留在宅內。」侍僕恭敬回應，撈起那隻魚後才退下。

「穢氣是嗎……」零沉下臉色，「紅葉。」

後方黑暗處的空氣一陣扭曲，一個黑洞出現，微微的燈光由遠方緩緩接近，阿滿低著頭，手提燈籠，身著素色振袖，在她前方那名身穿紅色和服的妖嬈女子一手掩著嘴，婀娜地走到零身後。

「哎呀，都這麼晚了，怎麼了嗎？」紅葉笑問。

「我接到一通很有意思的電話。」零淡然道。

「對方是？」

「那隻小獅子。」

「喔，您是說雖然名爲萬獸之王，卻甘願待在虎身邊的那個人嗎？」紅葉笑了起來，笑聲如銀鈴一般。

「獅家世代服侍我們。」

「我想，這也是當虎爲自己命名爲虎時，您沒有反對的原因吧。」紅葉的雙眼流露出看透一切的犀利，零則掛起冰冷的笑容。

被選上的人足以撼動整個家族的命運，以及當家的地位。

在那個月明星稀卻下著傾盆大雨的夜晚，零便明白了這件事，所以當他發現剛出生的虎居然會說話，還爲自己取名時，嘴角不禁勾起微笑。

這是天意吧，虎比身爲萬獸之王的獅位階更低，而獅則世代服侍著零，這注定了虎無法超越甚至取代零。

他藉此讓所有族人知道，自己的地位無法被撼動一分一毫，獅家也明白，小虎更是明白。

虎一直與他們不親，打從一出生便不曾有過孩童的天真與稚氣，時常面無表情的看著一切事物。十二歲那年，小虎離開了本家，大家都知道，他是去尋找兩極了。

但零料想不到的是，下一任輔佐自己的獅家繼承人竟也跟著虎離開了。獅屈居於虎之下，這一點所有人都不認同，也都不敢相信。

零得知消息時只是看向窗外，說了句不礙事，即便他也難以置信。虎令獅效忠了，這對他來說就像有根魚刺哽在喉頭般難受，不過還是改變不了什麼。

唯一讓他欣慰的是，獅並沒有忘記眞正的主子是誰，凡事都會讓他知道。

「兩極和瘟被貘纏上了。」

「貘？您是說只會吃人夢境的貘？」紅葉不以爲意，呵呵笑起來，「那又有何影響？虎彈指便能趕盡殺絕。」

「那些貘被引渡了。」

「引渡？怎麼可能？妖不可能對妖做出這樣的行爲。」紅葉瞇著眼，「難不成……是彼岸花派系做的？」

零以質疑的眼神看著紅葉，紅葉頓時明白了他的意思，不由得皺起眉頭，「您認爲是我們？」

「據那頭小獅子所說，貘可以不經由夢道，直接入侵虎所布下的結界，將兩極與瘟強行帶入夢中。」

紅葉咬著下唇，深吸一口氣後，說：「的確，能夠自由進出零派結界的只有鬼女一族。但我們簽下了契約，不可能違約，這是背叛，我們不會做這樣的事情。」

「妳不會，不代表其他鬼女也都不會。」零瞄了一眼提著燈籠靜靜站在後方的阿滿。

「阿滿跟了我百年，無須懷疑她的忠誠。」紅葉斬釘截鐵。

「可是依然存在著叛徒。」零淡淡回應，身上卻隱隱散發出威壓。

「不會有叛徒。」紅葉低聲說，「也許是有族人想讓您開心，所以用這樣的方式將兩極與瘟帶來。」

「虎就在那裡，何須如此？」

「但虎不等於零。」紅葉點出癥結。

零沉思，最後搖頭，「無論如何，不該是用這樣的方式。」

紅葉想再說些什麼，被零以冰冷的眼神制止了。

「找出叛徒。妳我都明白，私自行動等於背叛。」零看著月亮，「妳不會想再和我們打一場。」

「……是，主子。」紅葉心中極其不甘，卻只能隱忍。

在返回鬼女村莊的妖道上，紅葉看著走在前面的阿滿，問：「如果再打一仗，勝算有多少？」

阿滿停頓了一下，很快又繼續往前走，「您當眞？」

「只是問問。」

「紅葉小姐，我們一族的力量不容小覷，但依然在幾百年前與零派的爭鬥中元氣大傷。當年零派得到了兩極，力量大幅增強，零本身也很棘手，如今又多了虎。」

紅葉淺笑，「是啊，加上虎，我們怎麼可能全身而退呢？膽敢背叛的話，我們絕不會被放過，屆時只有滅族的份。」

「紅葉小姐，您決定要怎麼做了嗎？」

「如此一來，我們的選擇就只有一個了。」紅葉緊皺眉頭。她雖不願，可是又無可奈何。

「只能找出擅自行動的族人了。」阿滿接話。

誰不想擁有兩極？

若這名鬼女能在被捉到前，便先帶回兩極，那一切便簡單多了。有了兩極的加持，零派又算得了什麼？

不過要是情況相反，她們也只能乖乖交出叛徒，殺雞儆猴。

第七章

一夜無夢，難得好眠的喬子宥神清氣爽。

阿谷也一樣，雖然他比較粗神經，惡夢對他的影響沒有喬子宥那麼大，但不再被侵擾後，氣色也好上不少。

任凱與封見狀都寬心許多，不過他們明白，事情還沒解決。小虎檢查過藍色捕夢網，上頭雖沒有爪痕，但顏色也黯淡不少。

雖然揪出幕後主使者是最重要的事，然而這不是以小虎的身分可以干涉的事，既然獅爺都將事情轉告零了，他也就交給零去處理。

一大清早，得知喬子宥終於睡得好的封相當開心，蹦蹦跳跳地邀請大家一起到樹林裡走走，來一趟芬多精之旅。這樣的活動對年輕人來說其實很無趣，但剛好他們這些人對這類無聊的活動都不排斥。

「樹林裡有條溪流，滿適合溯溪的，不過沒什麼人知道，算是我的祕密基地。要不要去那看看？」朱小妹穿著背心，胸前掛著相機，站在石頭上指著前方，興致高昂。

「好哇好哇！好好玩的樣子！」封熱烈地拍手，喬子宥也沒有意見。

「好期待呢。」李佳惠朝封微笑。

封也報以燦爛的笑容，李佳惠今天心情顯得很好，和諧的氣氛最棒了。

「給我把傘撐好，沒看見我的腳後跟都晒到陽光了嗎？」任馨用力踩了一下阿谷的腳。

「女王啊，太陽現在就是斜照過來的，沒有辦法啊，您不要故意刁難了。」爲她撐傘的阿谷哀號。

「只有服從，沒有理由！」

「是，女王大人。」早知道任馨會來，阿谷就不來了。一想到還要伺候任性大小姐兩天，他就覺得一陣胃痛。

封在旁邊竊笑，老是欺負自己的阿谷如今卻被當僕人使喚，這樣美好的畫面她當然要看個夠本，以後還可以隨時提起來嘲笑一番。

朱小妹在前方帶隊，任凱走在她後面，封跟著任凱，和兩旁的喬子宥及李佳惠聊著天，而小虎一面設下結界保護這群人，一面往樹林外看。

白天鬼魅雖然減少了，但妖怪依然存在，一個個徘徊在兩極與瘟的四周，蠢蠢欲動。雖然他們忌憚著小虎，可是兩極和瘟散發出的香味實在太誘人，只要結界一有空隙，他們便絕不會放過。

除非妖怪主動現身，否則任凱的陰陽眼平常是看不見妖怪的，也不會因爲妖怪的出現而產生劇痛，只會多少感覺到不快。他不只一次回頭注意封有沒有跟上，這樣的擔心舉動看在喬子宥眼裡卻像是出於另一種原因。

她想起昨夜的夢，在夢裡，她不斷被迫意識到自己的嫉妒心。那樣的醜陋與不堪，她不想再面對。如果她能將這份感情說出口，傳達給封知道的話，那她是不是就能輕鬆一些？

「看！就在那邊。」朱小妹忽然大喊，只聽前方不遠處傳來涓涓流水聲，還有瀑布的聲響，很快，一條溪流出現在眾人眼前。

「哇！好漂亮呀！」李佳惠率先跑了過去。

「等等我啦！」封也追上，喬子宥自然跟著。

「不要先跑啦，搞什麼啊。」任凱嘆口氣，無奈地跟上她們的腳步。

這條溪流的水質清澈無比，看得見小魚在裡頭優游，溪邊有一塊約五公尺高的巨大石塊。朱小妹將背包放在一處石頭堆上，指著那塊大石頭說：「那裡水夠深，所以可以從石塊上跳下來，很刺激喔！」

「好像不錯。阿谷，你去跳。」任馨雙手環胸，理所當然地下令。

「我？不要啦，如果一個不小心撞到頭怎麼辦？」阿谷推拒。

「阿谷？」

「是！小的馬上去！」

阿谷苦著一張臉走過幸災樂禍的任凱旁邊，將上身的T恤脫掉，只穿著四角內褲，爬上石塊後雙手高舉，喊完：「神啊救救我吧！」就往下跳。

他落入溪中的瞬間水花四濺，弄溼了站在河邊的朱小妹和李佳惠。

「哇！居然弄溼我們！上！」兩個穿著短褲的女孩隨即跳到溪裡，三人開始互相潑起水。

李佳惠潑向封，喬子宥正巧站在封的面前，封便順手把她往前推，因此封的身上沒溼，喬子宥卻被潑溼了。

「封……」喬子宥看著自己溼了一大片的衣服。

「不關我的事情喔！是佳惠，佳惠潑的！」封趕緊推卸責任。

「喂！」李佳惠笑著抗議，卻又把水潑向喬子宥，還波及一旁的任馨。

「搞什麼東西啊，妳們這幾個黃毛ㄚ頭！」任馨被激怒了，立刻也脫掉外套下水玩鬧。

任凱原本想遠離戰場，但沒注意到阿谷不知何時已經爬上岸，趁他不注意從後頭用力抱上來，一口氣將他拖到河中。

其他人很有默契的在任凱爬起的瞬間馬上朝他潑水，任凱頓時像落湯雞一樣，也不甘示弱地回潑其他人。

「你們完蛋了！」

「哈哈哈，誰叫你要發呆！」

「看招！」

大家就像幼稚的孩子般，在河中玩得不亦樂乎。

封原本還爲自己遠離戰區而沾沾自喜，可是看大家玩得這麼開心，她不禁有些失落，想著要不要也加入遊戲。

「不去玩？」小虎在一旁慵懶地問。

「你也沒去玩呀。」封說，忽然想到了可能的原因，「還是因爲和大家不熟？」

「倒不至於，只是覺得不太適合我。」

「潑水嗎？」

「是玩樂。」小虎淡然說，眼神卻流露出一絲羨慕。

「怎麼會有人不適合玩樂呢？」封歪頭表示不解。

小虎只是淺笑，「總要有人負責在岸上顧東西、注意狀況。妳去玩吧。」

封思索再三，最後還是坐下來，「我去一定會被欺負的啦，不如來聊天吧！」

對於封的決定，小虎有些驚訝，卻也不特別意外。他的笑容很溫柔，看著封的樣子就好像已經認識她很久。

「奇怪，我們明明認識不到幾個月，但我對你一點也不覺得陌生呢。」封若有所思。

小虎一凜，「怎麼說？」

「感覺我們好像以前就認識一樣，有點像是一起出生的青梅竹馬在還沒有記憶的時候就分開了，長大後才重逢的熟悉感。」

「這是什麼奇怪的比喻啊。」小虎笑了起來。

「不要笑啦，我是認眞的耶。」被這樣一笑，封不禁臉紅。

「好好好，我知道。」

兩個人看著玩得開心的眾人，封小聲說：「你說，現在你是我們的朋友，意思是以後可能會成爲我們的敵人嗎？」

「封葉，我說過很多次了，別相信任何人，包括我。妳是兩極，妳所能相信的，就只有身爲瘟的任凱。」小虎的神情變得冰冷，卻隱含憂傷。

「怎麼會？你的意思是說，連父母、朋友都不能相信？子宥可以信賴、阿谷也可以，我的父母當然更可以，怎麼會沒有能夠相信的人？」封有些激動起來。

「妳朋友的心可能會被妖怪迷惑，說不定會因此傷害妳。並不是說他們本來就是壞人，而是被迷惑的人類會做出什麼事情，是很難預料的。」小虎瞇起眼，「至於妳的父母……我想妳自己也明白吧，他們瞞著妳很多事情。」

封一驚，這點的確被小虎說中了。

「那、那又如何？也許他們只是想保護我。」她將頰邊的頭髮勾到耳後，顯得有些心虛。

「保護……」小虎思索著，「但還是欺騙了，不是嗎？」

「有時候就是爲了保護，才會選擇說善意的謊言，不是嗎？」封反問，直瞅著他，「雖然你告訴了我們很多事，但也一定還有什麼瞞著我們，對不對？」

小虎一愣，封勾起笑容，「你不說的理由是什麼？爲了到時候能更容易抓到身爲兩極的我？」

「不，我是爲了保護妳。」小虎連忙辯解。

封露出勝利的表情，「看吧！所以說，我父母也是一樣。」

看著封得意的模樣，小虎呆了下，隨即露出笑容，「眞拿妳沒辦法。」他鬆了口氣，看著封的臉，「要是妳平時反應也這麼快，或許就不會老是被任凱耍著玩了。」

「哼，我平常就很精明啊！」封不服氣地說。

看著波光粼粼的河面，還有在水中像太陽般閃閃發光的任凱，封不禁呆了呆，但隨即搖搖頭，告訴自己任凱只是外表很帥，個性其實很糟糕。

對，就是這樣。

不過，她的視線還是不自覺地一直追隨著任凱，「以往的兩極和瘟都是怎麼相愛的？」

小虎挑眉，封臉一紅，「不是啦，我不是那個意思！你看嘛，如果歷代兩極和瘟都會相愛，可是他們明明知道相愛只會招來毀滅，那又爲什麼要相愛呢？爲什麼不保持距離？如果只有兩極沒有瘟的話，是不是就沒這樣的問題了？」

小虎看得出來，封這樣劈頭丟出一長串問題是爲了掩飾尷尬，不過他沒有點破，而是認眞地回應。

「就好像現在，如果要妳和任凱分開，妳會願意嗎？」

「當然不要！」封立刻喊出聲，下一秒又有些尷尬地捲著自己的髮尾，「可是，我不是那種意思喔，他只有臉可以看，其他都……好啦，有時候他也滿溫柔的，雖然嘴巴很壞，需要他幫忙時常常說這不關他的事，但是我知道他絕對不會不管，所以我覺得……反正就是這樣啦，我也不知道我在說什麼。」

封笨拙地解釋，小虎卻明白了她想表達的意思。他拍拍封的肩膀，笑著說：「所以答案很明顯，就和妳明知道和任凱相愛會帶來毀滅，但又不願意在這時候跟他分開一樣。」

「因爲我不覺得……不覺得自己會喜歡上他啊。」封越說越小聲。

「可能以往的兩極也都是這麼想的，不過命運終究是命運，注定相愛的人就是會相愛。」

「是這樣嗎……」封歪著頭。所以總有一天，她一定會喜歡上任凱嗎？「這難道不是一種自我暗示？兩極和瘟注定相愛，是因爲記住了彼此的靈魂，才會一次又一次相愛吧？這不是命運，而是靈魂之間的認定吧？」

「不是，這是命中注定。我說過，只有兩極的靈魂會不斷輪迴，因爲她是個容器。可是瘟不一樣，瘟是無形的東西，每一世都會附在不同的靈魂上，等這一世死亡了，被附身的那個靈魂雖然可以投胎，但那個靈魂就不再是瘟了，瘟會尋找下一個依附對象。」

「那以前的瘟都到哪裡去了呢？」封問。

小虎的神情變得柔和，「他們都投胎轉世了，也許身在普通人家，過著幸福的生活吧。」

封開心地微笑，「那就好。」

「爲什麼？」小虎問。

「他們終於也獲得幸福了，不是嗎？終於不用再被追殺，不用再因爲與人相愛就被趕盡殺絕，而是可以過著平凡的日子、愛上平凡的人，然後擁有一段美滿的婚姻，和戀人白頭偕老。」

小虎被這句話深深觸動，他刹那間鼻頭一酸，立刻別過臉。

「小虎，我的爸媽絕對瞞著我一些事，這點我敢肯定。他們知道我能操控風，也知道我受傷後很快就會癒合，但他們都裝作不知情。我在想，他們是什麼時候知道這些事情的？會不會是我還很小的時候就曾經使過風，才讓他們明白我異於常人？」

「妳說什麼？」小虎覺得封的話有些不對勁。

「在發生羅老師那件事的時候，你不是到醫院看過我嗎？我全身嚴重燒燙傷，可是醒來的時候一看，別說疤痕了，連傷口都沒有。而我爸媽卻堅決地說，這是因爲我完全沒受傷。」

封沒注意到小虎神色有異，繼續說：「他們有時候還會去見什麼人的樣子，我不知道是去見誰，因爲他們總是不跟我說。像前幾天，我回家的時候就發現不太對，然後在……啊！對了！我本來要說這件事情的……」封驚呼一聲，九夜來過她房間這麼重要的事情，她居然到現在都還沒跟小虎和任凱提起。天啊，她到底在幹什麼？

「妳父母知道妳的與眾不同？」小虎相當意外。

「對呀，這不就是他們隱瞞我的事情嗎？」封不明白小虎的驚訝從何而來。

「我指的並不是這件事。如果說，妳父母知道妳的身分，那他們……嘖，爲什麼我沒有想到這一點？」

「什麼啊，小虎，你不要嚇我！到底是怎麼回事？」封緊張地抓住小虎的手腕，在河邊戲水的任凱下意識看了過來。

「封葉，妳的父母不是妳眞正的父母。」小虎皺眉，「我沒有告訴妳，是因爲想要保護妳，況且我認爲這件事情妳知不知情都沒有關係。」

「什麼？我聽不懂……」封張大嘴巴，什麼叫她的父母不是她眞正的父母？

「兩極必須生於鮮血之中，因爲她既是希望又是絕望，所以必須在絕望之處降生，承載希望，要有這種矛盾的前提條件才會誕生兩極。」

「這是什麼意思？」封腦中一片空白，這時任凱走上岸，往他們的方向過來。

「也就是說，妳的親生母親在生下妳的瞬間就死亡了，父親也在災難中過世，妳現在的父母並不是妳的親生父母。這就是兩極的宿命，其出生往往伴隨死亡，尤其是父母的雙亡。」

「可、可是，我不相信，我是最近才……」封的思緒有些混亂，這時一雙溫暖的大手忽然伸了過來，壓在她的肩頭。

「繼續說。」任凱坐到封的身邊，輕輕揉捏著她的肩膀，讓封感受到一陣溫暖。

她閉起眼睛，深吸一口氣，再次睜開眼時已經平靜許多。

「說吧。」她下意識地將自己的手覆上任凱的手。

小虎不著痕跡地瞥了一眼他們交疊的手，壓低聲音說：「十六年前發生的那場大地震，讓台灣人民死傷無數，其中災情最嚴重的地方莫過於A市，無數大樓倒塌，幾乎無一人能倖免於難。救難人員搜索了幾天幾夜，少數的倖存者都恐懼得快要發狂，空前的大災難幾乎令A市毀滅。」

任凱記得這件事，當時他才一歲，卻不知爲何記憶猶新。地震發生的時候，他和任炎一起躺在床上，在天搖地動時，母親馬上衝進房間抱起他，躲在床邊。

任凱的眼裡映著被母親遺忘的任炎，任炎坐在床上，並沒有哭泣，只是定定看著他。

雖然那時他還是嬰兒，卻對任炎表現出的模樣印象深刻，任炎因爲被母親遺忘而流露出深深的悲哀，而後神情又轉爲孤寂。

一直以來，任凱都比任炎受寵，任炎安靜、內向，總是縮在角落，在黑暗中看著任凱。

有時，他會在任凱經過的時候抓住他的腳，告訴他哪邊有鬼。

但任凱每次看了任炎所說的地方後，總是發現什麼也沒有，因此他認定任炎是在說謊。

他曾向母親告狀，卻只換來一個微笑。

一直到任炎死去，任凱繼承了他的陰陽眼之後，才明白原來那個世界是眞實存在的。

那些異界的生物和鬼魅不會因爲人類看不見就不存在。

任凱甩甩頭，暫時不再去想這些，繼續聽小虎述說A市的事情。

A市原本相當繁華，曾經是台灣最重要的城市之一，有捷運、火車、高鐵等大眾運輸工具，大樓林立，商業興盛。

但這場空前絕後的大地震令A市被夷爲一片平地，這是最讓人匪夷所思的地方。明明鄰近的城鎮也有高樓大廈，可是只有A市的建築近乎全倒，瞬間變成一座死城，原本幾百萬的居民只剩下百位數，死亡的氣息無處不在，說是人間煉獄也不爲過。

當救難人員從瓦礫堆下挖出的都只有一具具的屍體時，一個奇蹟降臨了。

在人人以爲世界末日到來，天欲滅人的時候，一陣響亮的嬰兒哭聲從瓦礫堆中傳出。

所有人都以爲自己聽錯了，紛紛屏氣凝神。那是這段日子以來最寧靜的時刻，只有嬰兒持續不斷的哭聲。

而後，某個人的高呼讓所有人回過神，紛紛往哭聲響起的方向奔去。

他們徒手搬開瓦礫、抬起鋼筋，小心翼翼地朝嬰兒所在的地方接近。

人人心臟狂跳，緊張無比，最後終於在一堆殘骸中看見了一灘血、一具女人的屍體，還有待在她雙腿間的新生兒。

「是希望……是奇蹟啊！」顫抖著抱起她的救難隊員將女嬰高舉至空中，流著眼淚吶喊。

四周響起掌聲，所有人一同激動地喊著這是希望，是一片絕望中的希望。

然而，染著母親的血，在遍地屍體中誕生的希望，究竟真的是希望，還是帶來了絕望？

「封，那個女嬰就是妳。」小虎說。

封顫抖了起來，任凱握緊她的手，「所以她現在的父母是養父母？」

「對，我們調查過了，他們只是一對平凡的夫妻。我原本說封被隱瞞的是這件事情，是指妳的身世。對於妳父母來說，妳應該只是在地震中出生的孩子，他們不該知道妳擁有特殊能力。」

「那她父母在醫院的反應就有問題了。」任凱神色凝重。

封深吸一口氣，告訴自己，她都已經知道自己是兩極了，就算不是父母親生的又有什麼關係？她緩緩吐氣，再深吸一口氣，穩定住自己的情緒，握著任凱的手微微用力。

「九夜來房間找過我。」

「九夜是誰？」兩個男孩異口同聲。

「咦？學長就算了，連小虎你也不知道她的名字？」封很訝異。

「什麼叫我就算了？」任凱拍了封的頭一下，小虎則是面露疑惑。

「就是那個穿著皮衣皮褲、戴墨鏡的女人，彼岸花派系的。」封揉著自己的頭說，小虎瞬間瞪大眼睛。

「她去過妳的房間？那妳有沒有怎樣？」小虎難得顯得緊張，封感到新奇之餘，又有些驚訝。

「這是很嚴重的事情嗎？」

「我們根本沒有摸清她的底細，妳怎麼會讓她進房間？」任凱一臉看到白痴的表情。

「才不是我主動讓她進來的，那時我一進房間，她就已經在那裡了，嚇死我了。我本來以爲會被殺掉，她卻要我快點想起來怎麼控制風，還說什麼被追殺是兩極生生世世的悲哀，最後幫我處理完外面的貘就走了。」

「那妳的父母知道嗎？」任凱問。

「這點也很奇怪，那天我爸媽的樣子好像跟平常差不多，卻又有點不同，我想他們應該不知道九夜在我的房間，但是我可以確定有不認識的客人來過。」

「封葉，別再回家了。」小虎沉思半晌，說出的話讓封瞪大眼睛。

「怎麼可能！」封下意識回答。

「我猜，也許妳父母是某個派系派去照顧妳的，所以他們才會知道妳與眾不同。一直以來，妳父母去見的說不定就是那個派系中的成員。」

「可是他們沒有傷害我，相反的，還把我好好撫養長大了。」封爲自己的父母辯解。

「我知道，但妳現在覺醒了，我認爲有必要遠離他們了。」

封不禁往後退一步，「我不要。」

「容不得妳說不要。」小虎態度強硬。

「那你要她去哪裡？難不成要跟著你回到你的家族，好讓你們得到兩極？」任凱質問。

小虎略微抬起下巴，「你不信任我？」

「是誰說別相信任何人的？」任凱冷笑。

「沒錯，你這樣很好。」小虎並沒有生氣，而是露出讚賞的笑容，「所以，兩極唯一能去的地方不是很清楚了嗎？」

任凱愣了一下，「你是說我家？」

小虎挑眉，一臉理所當然。

「你們都等一下，我會回家！我父母不是這樣的人，我會回去找他們問清楚！」封打斷他們的對話。

「我認爲這不是個好主意。」小虎說。

「我陪她回去不就得了？」任凱聳肩。

「剛好一網打盡。」小虎哼了聲。

「那你跟我們一起去總行了吧？」任凱攤手。

「我若去，情況可能會更危險。」小虎不清楚對方的能耐，但零派是上一次得到兩極的派系，各界都認得零派所屬的血液味道，也許戰爭會一觸即發。

「那你在樓下總行了吧？」任凱已經快要失去耐性。

「……一旦有危險，我會毫不猶豫地帶走封。」

不管會傷害誰，或是會拋下誰。

這句話，小虎藏在心中。看著他堅定的眼神，任凱也隱隱明白，他點點頭，表示他會想辦法保護好自己。

不過話說回來，能使風的封明明比只看得見鬼的他強多了，爲什麼大家都還是會選擇保護封？

但每當看著封的側臉時，任凱也會沒來由的想要保護她，不希望讓她純粹的氣息沾染上一點點的汙穢，也不希望她失去笑容。

一開始還覺得很麻煩的，怎麼現在心境不同了？

是因爲兩極與瘟注定越走越近，還是說，他漸漸習慣封這個麻煩精了？

「解決貘的事情後，我們就去封的家問清楚。接下來……」小虎頓了頓，兩人等著他繼續說下去，「就看妳父母怎麼說，我們再打算吧。」

「不管我爸媽說了什麼，他們都不會害我的。」封依舊堅持，她選擇相信。

第八章

結束了嚴肅的話題後，想到將來可能要走上一條艱辛的道路，封便決定把握當下，下去溪中和大家一同玩耍。所有人搞得全身溼答答的，因爲本來沒預計會玩水，所以他們都沒帶換洗衣物。

最後，幾個人撿拾了河邊的樹枝，升起一堆小小的營火，用來烘乾衣服。他們有說有笑，彷彿不安與恐懼不曾接近，但其實每個人都懷著心事。

對於封來說，雖然她遇到了許多不可思議的事，又得知了自身將面臨的悲慘命運，不過她依然沒什麼眞實感。

也許是小虎和任凱將她保護得太好，她雖然害怕，卻並不恐懼。至於身世的部分，她沒有自己原先以爲的那麼在意，就算並無血緣關係，就算她的父母眞的另有目的，可終究還是把她拉拔長大了，該獲得的愛她一點也不缺。

前幾世的兩極也曾經這麼快樂嗎？以前的兩極與瘟相愛的時候，是否也感受過幸福？

當兩極死去的那一刻，心中剩下的是對這個世界的愛，還是對眾人的恨？

封望向任凱，人人都說他們注定相愛，這會不會變成了一種暗示，讓他們不自覺更加在意對方？

任凱感受到封的視線，與她對望。在這個瞬間，他們的眼中只剩下彼此，周遭的喧囂彷彿皆已遠去。

任凱別開目光，尷尬地咳了幾聲，隨意折斷幾根樹枝丟入火堆中，火光照得他的臉龐紅通通的。

「大家，今天是最後一個晚上了，反正我們一樣要穿過樹林回去，不如就來個試膽大會怎麼樣？」朱小妹一如往常，三句離不開靈異。

「我不要！拜託饒了我吧。」阿谷率先反對。

「我沒什麼意見。」任馨聳肩。

「不太好吧。」喬子宥皺眉。

「你覺得呢？」封看向小虎。

小虎抬頭看著剛剛升起的月亮，此刻正值逢魔，樹林中的妖怪們蠢蠢欲動，這絕對不是好時機。

「我不建議。」

「既然一起來的就一起回去，走吧。」任凱起身，間接同意了小虎的話。

「嗄？最後一天假期耶，我們都難得來這裡了，眞的不試膽一下？這不是年輕人一定要玩的刺激活動嗎？」朱小妹不肯放棄，一心只想來點不一樣的體驗。

「妳可以自己去刺激。」阿谷翻白眼。

「小氣耶！這裡是我家的別墅，行程也是由我安排，所以你們要聽我的話。」朱小妹使出殺手鐧。

「哇靠，這種不要臉的話妳也說得出來，眞不愧是大小姐！」阿谷哇哇大叫。

「天又還沒全黑，回去的路程也不遠，不一定要繞樹林什麼的，我們只要分批走回去就好了呀。」朱小妹退一步提議，「兩個兩個一組出發，這樣總可以吧？」

任凱看了小虎一眼，小虎輕輕點頭。如果只是這樣的程度還不至於出問題。

「我要跟阿凱一組。」阿谷立刻黏到任凱身邊。

「兩個男人幹麼一組？膽小鬼欸！」朱小妹嘲笑。

「不管，如果眞的要試膽，那我一定要跟阿凱一起。」阿谷很堅持。

「用抽籤的，囉唆。」任馨冷冷地說，隨便撿起地上的一根樹枝，一段一段地折成差不多長度，再從口袋裡拿出筆寫上編號，將有編號的那一端握在手裡，面向大家，「數字一樣的一組。快點分一分回去木屋，我全身黏答答的，想要洗澡。」

「可是……」

「別慢吞吞！」被任馨用凌厲的眼神一瞪，阿谷只好悻悻然把話吞回去。任馨正懊悔著剛才太輕易被激怒，居然和一群小鬼玩水玩得這麼開心，她現在只想趕快回到屋裡好好反省。

所有人選定自己的籤後，任馨便鬆開手，大家往上一抽，念出自己的籤號。

「還說不是命中注定嗎？」小虎輕笑著在封耳邊低語，轉身走向任馨。

阿谷則哀哀叫，因爲他跟對靈異最有興趣的朱小妹同組。

喬子宥和李佳惠相視微笑，兩人都不算膽小，但能和熟悉的人一組總是好的。

喬子宥下意識望向一旁，看著與任凱抽到同一個號碼的封。

「我們是一組。」封嘀咕。

「看樣子好像分不開啊。」任凱說，封不禁微微臉紅，他隨即補上一句，「如果我們遭遇妖怪襲擊，不就被一網打盡了？」

「呸呸呸，烏鴉嘴！」曖昧的氣氛瞬間消失，封沒好氣的說：「有小虎的保護，我也隨身帶著白瓷杯，應該不會有事情吧。」

任凱看著封輕笑，忍住了想揉揉她頭髮的衝動。

第一組出發的是阿谷和朱小妹，只見朱小妹開心地拿著相機，還特地問任凱樹林裡的阿飄多不多。

「停！我一點都不想知道。快走，我要趁太陽完全下山之前走回去。」阿谷推著她進了樹林。

小虎一彈指，身後出現一隻昨天用來暗中保護過眾人的白色小獸，小獸在原地繞了一圈，跟上前方的兩人。

「只要在天黑前離開樹林即可。」小虎叮囑小獸留意。畢竟處境最危險的還是兩極與瘟，應該不用太擔心其他人的安全。

第二組出發的是喬子宥和李佳惠，兩人閒聊著離開，小虎同樣彈指派出白色小獸保護。

任凱看著李佳惠的背影，覺得有種說不上來的詭異，「她看起來好像和平常沒有兩樣，但脾氣收斂了之後，反而讓人覺得不像是她。」

「我有同感，可是沒有任何東西纏住她。」小虎已經仔細確認過。

「佳惠是個好女孩，只是在意的事情比較特別一點。」封為她辯解。

「其實就是愛慕虛榮吧。」任凱翻了個白眼。

「任凱，我提醒過你要盡量遠離吧。」任馨突然插口。

「遠離什麼？」不會是在說我吧？封在心裡緊張地想。

「那個世界。」任馨說。

她看得出來，除了李佳惠以外，其他人都知道任凱有陰陽眼，只是了解的程度不同。

而眼前這個頭髮銀白的男孩了解的程度顯然比其他人高上許多，甚至凌駕在她這個姊姊之上。

至於圓臉女孩封葉，她很平凡，卻似乎又有些與眾不同，任馨第一次在遊樂園見到她時就注意到了。

任馨對那個世界所知有限，畢竟她看不見也感應不到，只是或多或少可以感覺到空氣的變化，僅此而已。也因此，她更加擔心任凱日漸深陷。

「早就遠離不了了。」任凱悠悠吐出這句話，任馨怒視著他。

「我不希望聽到這樣的回答。」

「輪到你們出發了，快去吧。」任凱轉移話題，不想再多說。

「走吧。」小虎也在前面催促任馨，並淡淡瞥了任凱一眼。

瘟總有一天會和家人分開，現在把距離拉得遠一些，以後別離時痛苦也就不會那麼強烈。

任馨盯著任凱看了好一會。她這個唯一的弟弟尊敬她，但也害怕她，她從來都不了解任凱。自從任凱看得見另一個世界後，任馨便覺得自己離他越來越遠。

不過，她眞的和任凱靠近過嗎？

等她發現身處觸及不了的地方時，已經來不及了。

任凱現在站在這裡，心卻並不屬於這裡。

「人總會各奔東西。」小虎的聲音傳來，任馨驚訝地回頭，小虎只是看向樹林，「走吧。」

任馨凝視著他的側臉，又回頭望了任凱一眼，輕輕嘆氣後，往樹林走去。

小虎轉頭，再次彈指，又一隻小獸出現，跳到了封的身邊。

兩人的身影消失在樹林裡，任凱吐了口氣。

「任馨姊不希望你離正常生活太遠。」封喃喃說。

「我也不希望，但有辦法嗎？」任凱看著封，無可奈何。這一切有多麼離奇，只有他們兩個懂得，因爲他們背負著相同的宿命。

「我想，我們還是不要離小虎太遠，快點跟上比較好。」封往前走了幾步後覺得不對，又繞回任凱後面，抓住他的衣角，「走吧。」

「剛剛不是很乾脆地往前走嗎？現在才知道怕？」任凱好笑的看著封。

「別囉嗦了啦，你走前面就是了。」

任凱挑眉，「叫我別囉嗦？現在是怎麼樣，很大牌了喔？」

「小的哪敢？請大人走前方吧。」封討好地笑。

「喂。」任凱突然喊了封一聲

「怎麼了？」

「妳現在能控制風了嗎？我是說隨心所欲地控制。」

封一愣，搖搖頭，「不行，要非常專注才可以。」

「小虎說我能使鬼。」

「使鬼？你是說控制鬼魂，甚至召喚他們並差遣他們嗎？」封眼睛一亮。

「他是這麼說沒錯，但我不清楚要怎麼樣才能做到。」如果他眞的可以使鬼，那從此以後鬼魅不就不足爲懼了？

「你快試試看，樹林裡應該有很多鬼吧，隨便抓一個試試。」封扯著任凱的衣服，額頭卻被敲了一下。「好痛！」

「還知道痛啊？妳傻了嗎，如果我沒辦法呢？那不是平白惹火了一隻鬼，到時被纏上怎麼辦？」

「嗯……我們可以用跑的回到木屋，然後請小虎解決。」封提議。

任凱不悅地皺眉，「妳現在這麼信任小虎了？」

「你不相信他嗎？」

「不是不信，不過也不完全相信。」任凱冷冷道。

「我想相信他。」封說得堅定。

「憑哪一點？」

「憑我相信我自己。我相信我不會看錯人，他是站在我們這邊的。」

這樣無條件信任小虎的封，讓任凱感到煩躁起來。

「妳不也相信林沛亞嗎？但她又是怎麼看妳們的？」

這句話換來封的震驚以及淚水盈眶，任凱馬上知道自己說錯話了，連忙補救，

「等等，我不是那個意思。」

「你就是那個意思。」封咬著下唇，頭也不回的往樹林跑去。

「喂！妳別自己行動！」任凱嘖了聲，拔腿追上。

一進入樹林，任凱便發現不對勁，雖然此刻正值黃昏，但照理說四周不可能暗到這種程度。

「花栗鼠！」任凱大喊，回應他的只有烏鴉的啼叫聲。

他徹底後悔剛剛說出那些話了，他明知道林沛亞的死亡帶給封很大的衝擊，也知道身為兩極的封內心所承受的煎熬一定比自己更多，卻還是忍不住為了無聊的小事情跟封鬥嘴。

他只是不喜歡封那樣相信小虎，小虎明明如此可疑，明明說過好幾次別信任他，然而封依舊無條件地給予對方信賴以及笑容。

對，笑容。

他不喜歡看見封對著小虎笑。

但這並不是愛情，他不想被命運左右。人們越是說兩極與瘟注定相愛，他就越是不想讓這個注定成真。他的人生是屬於自己的，意志也是自己的，他有權決定自己要愛的人，而不是讓命運決定。

可是封的存在太特別，她的氣場、性格、純粹的眼神以及奮不顧身的態度，一切的一切都吸引著他的目光。

了。

任凱搖頭，現在不是思考這些的時候，他必須趕快找到封才行，這裡太危險

「封！妳在哪裡？不要鬧了，快出來！」天色暗得很快，黑暗如薄霧一般緩緩在林中蔓延。

太不對勁了。任凱小心地移動腳步，試圖往前走去，卻又不敢貿然進入黑暗籠罩的範圍中。

「封，剛剛是我不好，對不起啦。」無奈之下，任凱只得開口道歉，希望能得到回應。

忽然，一陣狂風吹來，捲走了眼前的黑霧，夜空中的銀白月光隨之灑落，太陽已經西沉。

封就站在他的前方，雙手舉在胸前，神情有點呆愣，很快又轉爲得意。

「剛剛是妳操控的風嗎？」任凱鬆了口氣。

「我聽見你一直在喊我，原本不是很想理你的，可是四周太黑了，我怕。」封雙手環胸，抬起下巴，「然後我聽到你道歉。嘿嘿，任凱學長道歉耶！」

「妳……」任凱漲紅了臉。

「所以我大發慈悲，決定原諒你的失言，可是一轉身才發現我被奇怪的黑霧包圍了，嚇了一大跳。結果不知道怎麼回事，就這樣使出風了。」封皺起眉頭，專心

地看著自己的手掌心，掌上隨即出現了小小的旋風。

她瞪大眼睛，任凱更是不可思議的張大嘴，「妳能夠自由操控風了？」

「我覺得應該不是，離隨心所欲還差得遠，但……」封反手一轉，那團小型旋風便跳到她的手背上。

「妳能試著讓風變得更大嗎？」

封依言努力嘗試，但旋風還是維持原本的大小。

「我想沒辦法吧，一進到這片樹林，我就覺得自己身上好像有什麼不一樣了，而且這隻……」封看了看自己的肩膀，白色的小獸甩甩頭，跳了出來。

「妳看得見了？」

「一進來就能看見了，會不會是這裡太詭異，讓我的能力提升了？」封思索著該怎麼說會比較好，「因爲小虎不是說了，我既是希望又是絕望，所以我在想，會不會是在充滿……陰氣之類的地方，我的力量就會增強？」

「我沒想過這個可能，但目前看來是如此。」任凱同意。

封有些沮喪，「眞是適合毀滅的兩極。」

任凱揉揉她的頭髮，「不是說兩極是矛盾的存在嗎？如果絕望能讓妳擁有力量，那希望不也可以？」

「是這樣嗎？」封看著任凱，有些不確定。

「嗯，怎麼說呢……愛會使人脆弱，但同時也能令人變得強大不是嗎？因爲有了想保護的人，就會希望自己變強。」

封想不到任凱會說出這樣感性的話，訝異地直盯著他瞧。

「幹麼？」任凱頓時有些困窘。

「沒什麼啦，我只是覺得你說的很有道理，愛能使人脆弱，也能使人堅強。」封傻傻地笑了起來。

她想，以往的兩極死去的時候，內心充滿的一定不是憎恨，而是愛。

因爲體會過與瘟之間的美好愛情，所以即便難逃一死，心中也曾被愛所填滿。

這麼一想，她便覺得好過多了。

「天黑得太快了，不尋常，我們快點回去吧。」任凱輕推封的背，在這一瞬間，好像能量有什麼在兩人間傳遞，讓雙方都有些難爲情。

他們走在只有月光照耀的樹林裡，封的前方有小虎派來的白色小獸引領，後方則有任凱傳來的體溫。

她覺得很安心，只要有任凱在身邊，她就不會害怕。

走了許久，他們還是沒有來到出口，領路的白色小獸腳步開始遲疑，在岔路處張望。

「該不會是老套的鬼打牆吧？」封開玩笑地說。

「但是很有用。」任凱抬頭看著月亮。

從剛剛開始到現在，月亮的位置完全沒有移動過，像是靜止在黑色畫布上似的。

封坐下來休息，平靜地說：「不知道其他人有沒有平安回到木屋。」

任凱皺了皺眉頭，「妳這話也太多可以吐槽的地方了。第一，妳更該擔心自己吧？第二，妳現在坐在這裡休息的意思是？」

「反正都走出不去了，休息一下也沒關係吧？我的腳好痠。」

看著一點也不緊張的封，任凱覺得這麼擔心的自己有點像白痴，於是也跟著坐到了封旁邊。

小獸發現他們居然席地而坐，頓時顯得有些慌張，在他們身邊轉了兩圈。封拍拍自己的大腿，牠遲疑了一下，最後也趴到她的腿上休息。

任凱看著四周，除了黑暗以外，似乎沒有其他東西。

剛才在河裡玩水時，他感覺到樹林裡的妖怪都虎視眈眈，此刻卻察覺不到任何氣息。

「我們要坐到什麼時候？」幾分鐘後，任凱忍不住問。

「就坐一下，讓我的腦袋放空一點吧。」封微笑著，一手順著小獸的毛，「反正現在沒什麼立即的危險不是嗎？我們與其一直亂走，不如等小虎發現情況不對，進來找我們，這樣還比較安全。」

任凱心想也對，總比他們盲目亂竄來得好，這樣說不定會跟來找他們的小虎擦身而過。

雖然不是很甘心，但事實就是小虎的能力比他們強上許多。迷路的孩子要待在原地等人來找，這樣的說法還是有道理的。

「妳以後有什麼打算？」

「我嗎？就先回家找爸媽問清楚，像是我的身世啦、還有我的與眾不同等等。」封垂下眼簾，「不過最重要的當然是問……他們是哪一方派來的人，養育我是不是真的只因爲我是兩極。」

「要是他們否認的話？」

「那我就相信他們嘍。」封聳聳肩。

「這麼容易相信人，真的好嗎？」任凱挑眉。

「對我來說，相信比懷疑容易，我不想要活得那麼累。」封忽然望向任凱，「那你相信小虎所說的嗎？」

「妳是指哪件事？」

「就、就那件事情啊，瘟和兩極，注定……嗯，就那樣。」封講得結結巴巴，她沒辦法不感到害羞。

任凱見狀，不由得想調侃她，「那妳信嗎？」

「是我先問你的！」封抗議。

「誰說先問就必須先回答？我就不能反問嗎？」任凱壞笑，「啊，剛才妳說了，相信比懷疑容易，所以妳信了？妳覺得有天我們會互相喜歡？」

哇啊！

這種話實際聽到比在心裡想還要害羞好幾倍啊！更何況，還是由任凱說出口。

封瞬間滿臉通紅，只想挖個地洞鑽進去。

「算了啦，當我沒說過！對不起我不該提起這種愚蠢的事情，都是我的錯！」封將臉埋到小獸潔白的皮毛裡，但小獸的體型比她的臉還小一點，根本無法藏住她通紅的臉龐。

任凱看著這樣的封，內心湧現一股憐惜。這種心情到底該算是戀愛，還是對小動物的喜愛呢？

他忽然愣住，想到一個之前沒思考過的可能，表情頓時變得嚴肅。

封發覺任凱安靜了下來，於是偷偷抬起頭觀察，見到他很認眞地在想事情。

「怎麼了嗎？」

「啊？沒什麼。」任凱下意識地敷衍。

「怎麼可能沒事？你的表情很可怕耶。」封坐直身子，歪頭看著他，「都這種時候了，我們之間還要有祕密？」

「花栗鼠，妳現在很懂得討價還價喔。」任凱皺眉，他發現封越來越精明了。

「嘿嘿。唉唷，你就說啦，我們現在等於在同一條船上，乾脆一點啦。」封邊說還邊用手肘頂他，讓任凱覺得這隻花栗鼠越來越沒有規矩了。

「我只是在想……」

「嗯嗯？」封專心傾聽，一邊繼續順著小獸的毛。

「也許我不該是瘟。」

「啊？可是你就是呀。還是說，你懷疑小虎的話？他認錯人了嗎？」

「對於小虎的能耐，我還是很肯定的，他不會出錯。」任凱搖搖頭，神情凝重。

「那你的意思是？」

任凱垂下目光。這件事情他從沒說出口過，這還是第一次準備告訴別人。

他深吸一口氣，將這個埋藏在內心最深處的祕密傾倒而出，就像是在揭他的瘡疤一樣疼痛，因爲他必須再一次面對那不堪的回憶。

「我有一個雙胞胎弟弟。」

「啊？」封因爲過度驚訝而反射性收緊了手，弄痛了懷中的小獸，小獸發出一聲嘶吼，「抱歉抱歉，乖喔。你說，你是雙胞胎？」

任凱輕輕點頭，封驚訝地接著問：「那我怎麼從來沒有看過他？他讀別所學校嗎？該不會你們還常常互換身分吧？阿谷知道嗎？這次你怎麼沒約他一起來？」

「妳的問題太多了。」任凱一臉無奈。

「好啦，那我慢慢問，你慢慢回。」封吐吐舌頭。

「不，我可以一次回答妳。因爲他死了，在很小的時候。」任凱輕聲說。

「啊？」封又再次因爲驚訝而捏痛了懷中的小獸，小獸氣得齜牙咧嘴，從她的懷裡跳下來，在一旁的草地上伸懶腰。

「他叫做任炎，一開始擁有陰陽眼的人是他。」任凱悠悠望向封，「所以我剛才忽然想到，會不會本來他才是瘟？他死了之後，陰陽眼轉移到我身上，所以我才因此成爲了瘟。」

「這……會是這樣嗎？」封咬著下唇，「他爲什麼……走了？」

「這是一個很長的故事，我就簡單敘述吧。」任凱淡淡說，刻意壓抑著情緒，「那時候不知道爲什麼，我的家人總是下意識地忽視任炎，也許是因爲他常說奇怪的話吧。」

「例如說他看見哪裡有鬼之類的？」封猜測。

任凱苦笑，「與其說是講的，不如說是用指的，他會指著空無一人的房間角落說有鬼。老實說，他的行爲令我很害怕，我的父母也抱持著一樣的想法，而每當我告訴任馨，任炎又在指著角落的時候，任馨的反應都特別大。」

他述說著，抬頭看向月亮，「我想，也許是我們的冷落害死了任炎。因爲我們害怕，所以選擇不相信、選擇忽視，最後任炎被逼到絕境了，才會……」

「他……是自殺？」

「嚴格說起來，算是我害死了他吧。」任凱的語氣裡帶著深深的自責。

封抓住他的手，「不要這麼說。」

「但事實就是如此。那天跟今天一樣，也是滿月，任炎站在陽臺上回頭看我，要我相信他眼中的世界。可是我很害怕，看不見的東西要怎麼去相信？所以我要他別鬧了，別再想用這種方法博得父母或是任馨的注意，越是這樣，他們越不會正視他。我當時這麼說是爲了掩飾自己的恐懼，但我的話就像壓死駱駝的最後一根稻草，任炎最後的希望被我親手扼殺了。」

說到這裡，任凱激動地握緊拳頭，「他就這樣跳了下去，和我一模一樣的他倒在月光下的血泊裡。」

封不知道該說什麼來安慰任凱，只能緊緊握住他的手，讓他知道還有她在這裡。

「彷彿是任炎留下的詛咒，從那天開始，我看得見他眼中的世界了，這才知道他說的都是實話。但又如何？任炎已經死了，不管我們再怎樣懊悔，任炎都永遠消失了，陰陽眼成爲我和他之間唯一的聯繫。」

「不只陰陽眼啊，學長。」封握著任凱的雙手，清澈的雙眸凝視著他，「你的容貌和聲音不也是任炎留給你的嗎？你本身就是任炎的羈絆呀。」

任凱瞪大眼睛，他從沒想過這樣的可能。每次照鏡子，他都會想到任炎淒慘的死狀，因此他從沒喜歡過自己的模樣。這些年來，他一直覺得自己只是代替任炎活下去。

「我想，如果任炎現在還活著，也一定會這樣想的，他不會希望你覺得那是詛咒。」

任凱當時年紀太小，不知道怎麼好好表達自己的想法，出於恐懼而下意識爲了保護自己傷害他人。

看著封的臉龐，他忽然有了想哭的衝動。

「如果說，任炎眞的原本該是瘟，卻因爲死去而讓瘟轉移到你身上，那我想說，謝謝他，因爲他讓我遇見了你。」封的這句話並不是告白，但完全發自眞心。

任凱忍不住眼眶微溼，感激地抱住封。

封也輕輕回擁顫抖著的任凱，她感謝這片月色、感謝困住他們的樹林，讓她得以窺見任凱的內心，讓她可以撫慰任凱的傷痛，讓他們兩人的心更加接近。

忽然間，大地隱隱傳來震動，不過非常輕微，兩人都沒有察覺。

但各界均知曉，這是兩極與瘟產生了共鳴。

零望著月色，輕搖著扇子，難得皺起眉頭，「已經到了這地步啦？」

這時房門被敲響，來者是一名高壯的男子。

「方才已派吾兒趕去，必要時將強行帶走兩極。」男子的聲音低沉而有威嚴，恭敬地單膝跪在零的面前。

「那隻小獅子聽虎的命令，要看虎決定怎麼做。」零依然看著外面，在遙遠的上百公里外，他夢寐以求的兩極就在那裡。

「即便虎是尊貴之人，也該以家族為先。」男子有些不以為然。

「應該快了，兩極就快要來到這個家中了。」零收起扇子，回想起過往。

百年前他們得到兩極，兩極為零派生了一個孩子，即使不久後便夭折，依然帶來了龐大的力量。

若不是他們曾經得到過兩極的子嗣，也不可能在與鬼女一族的戰役中獲勝。

連曾經得到過兩極，要和鬼女交手都如此艱辛，雙方原先實力之懸殊可想而知，若不是以契約束縛住鬼女，零派早已滅亡。而今鬼女之中出現了叛徒，難保她們不會利用叛徒獲得兩極，以報過去之仇。

零的眉頭緊皺，無論如何，獲得兩極是當務之急。

「你兒子知道他們在哪裡嗎？」

高大的男子恭敬點頭，「零主子要前往？」

「不急，讓虎與獅有點表現的空間吧，況且鬼女一族也有任務。」零悠然說，「我們只需要站在終點等待他們到來即可。」

在其他地方，一名和零望著同樣方向的女人站在某棟大廈的頂樓，長髮隨風飛揚，散發出彼岸花的獨特香氣。

即便眼前漆黑一片，臉上戴著的墨鏡依然沒有影響到她的視線。

她也感受到了兩極與瘟之間產生的共鳴，不禁皺起眉頭。這並不是她所樂見的。

「毀滅……不該是以這種方式。」九夜低喃，流下一行清淚。

狂風是她最溫柔的慰藉，她抱緊自己的手臂，閉上眼睛感受當下的這陣風。

只要身處於風中，她就能感覺到溫暖，彷彿被逝去已久的曾經所擁抱。

她倏地張開眼睛，神情轉爲冰冷，她感應到了另一種波動。

九夜從皮衣中拿出幾根以彼岸花花蕊製成的紅針，往四面八方射去，大多數蕊針直線向前，只有幾根像是撞到了透明的障壁一樣墜落。

她瞇起眼睛，踩在半空中，迅速往蕊針落下的方位奔去。

「零，這一次絕對不會再讓你得逞！」

「他們是不是太慢了？」站在木屋前的任馨一臉不安，看著自己的手錶。這段等待的時間足以讓人來回穿越樹林好幾次了，卻依然不見任凱和封回來，喬子宥跟李佳惠也不見蹤影。

「我們明明只花了不到一小時。」朱小妹疑惑地說。

「大小姐，不用三十分鐘的路程妳花了兩倍的時間在拍照，我都還沒說妳咧。」阿谷抱怨。

「這不對勁，我們應該進去找他們。」任馨邁開步伐，卻被小虎制止。「幹麼？」她沒好氣的回應，卻看見小虎睜大了雙眼。

小虎的眼珠子轉爲褐色，將一切看得清清楚楚。

單憑大地的微微撼動，不能肯定就是兩極和瘟產生了共鳴，但樹林上方出現了一藍一紅兩道波動，那是兩極與瘟獨有的。

他的心一揪，強烈的痛苦襲來。

這是命運，他從一開始就知道兩極與瘟注定相愛。

在出生的那一刻，他就做好了心理準備，但是眞的到了這個時候，他依然心痛得難受。

「怎麼了？」阿谷靠了過來，在他眼中，樹林依舊是那片樹林。

林。

「喂，別嚇我們。」任馨緊張起來。

「你們待在這別動，絕對不能離開。」小虎丟下這句話之後，立刻匆匆跑進樹林。

「喂！他們是不是有危險？說清楚啊！」任馨大喊，想要追上去，但阿谷拉住了她。「你放開我！」

「任馨姊，平常就算了，這時候可不能意氣用事啊！」阿谷雖然有些畏懼她的怒火，卻沒有退讓，「我們幫不上什麼忙，只會扯他後腿，留在原地才是幫助他的最好方式。」

任馨雖然十分不滿，但也無法反駁，她甩開阿谷的手，站在原地看著樹林。

「怎麼了？我剛剛有錯過什麼嗎？爲什麼感覺跟不上你們的對話？」朱小妹舉手發問，沒有人回應。

第九章

喬子宥在樹林裡奔跑著，她分不清現在是身處夢境還是現實。

這座漆黑的樹林與她一直以來的惡夢場景一樣。

她沒命地往前跑，思索著爲什麼會變成現在的情況。明明在河邊和大家分開的時候，一切都還很正常。

李佳惠拉著她的手一起往林中走去，天空映著夕陽的橘紅，如同火燒一般。她回頭看了封最後一眼，只見封正專心地和小虎與任凱交談。

那裡有道牆，是她無法跨越的。

無論封的身邊是否有其他人，她與封之間都存在著一道高牆。

「這是嫉妒，妳知道嗎？」李佳惠忽然停下腳步，認眞地看著喬子宥。

「妳說什麼？」喬子宥也停下來。

「嫉妒啊，任凱、小虎，甚至連對阿谷妳都覺得會嫉妒。」

出於逃避，她否認了李佳惠的話，「妳別瞎說。」

「子宥，我很明白妳的心情，妳不用對我說謊啊。」李佳惠繞到她面前，神采奕奕的，卻顯得有些詭異。

「妳怎麼了？」喬子宥皺眉。

「我沒有怎麼樣，只是明白了自己內心眞正的想法。」李佳惠轉身，露出不像是她的甜美笑容，「這是嫉妒啊，嫉妒存在於每個女人心裡，不管是對朋友、對手足，還是對家人甚至是喜歡的人，都可能心生嫉妒。」

爲什麼是他呢？

爲什麼不是我呢？

我的條件沒比他差，但爲什麼就是不選擇我？

爲什麼愛一個人還要分性別？

爲什麼我不是異性？

爲什麼爲什麼爲什麼爲什麼爲什麼爲什麼爲什麼爲什麼──

「不要！滾出我的腦袋！」喬子宥猛地蹲了下來，抱住頭咆哮著，她的腦中響起許多女人吶喊的聲音，淒厲得像是要把人逼往絕路。

李佳惠冷眼看著蹲在地上顫抖的喬子宥，靠了過去，「子宥，只有我最了解妳，我最懂妳的內心啊。」

「妳、妳懂什麼……」喬子宥的聲音顫抖著，恐懼令她的理智就要崩潰。

李佳惠睜大雙眼，一副關心的模樣，一手搭上她的肩膀，輕聲細語，「我當然懂啊，我愛的人不愛我……不，不只是那麼簡單，而是我愛的人是女孩，她的身邊卻有很多可以選擇的男孩，那才是正常的道路。而我呢？我的感情該怎麼辦呢？再愛、付出的再多，是不是都不會有回報？是不是喜歡同性的我注定永遠得不到幸福？」

這些話如同鬼魅般糾纏著喬子宥，形成重重枷鎖一道道鎖住她，她無論多努力掙扎，都只能眼睜睜看著自己被束縛。

血淋淋的現實讓喬子宥感到心彷彿破了個洞，無力反抗的她只能夠任由李佳惠踐踏。

「我有一個方法，要是任凱消失了，那封是不是就能在妳身邊了？」李佳惠將頰側的髮絲勾至耳後，附在喬子宥耳邊呢喃，「要是他們其中一個人被鬼隱了，是不是就皆大歡喜了呢？」

「我不會傷害任何人。」喬子宥喃喃說，視線變得模糊。

「我沒有要傷害任何人啊，他們會在一個寧靜、舒適的環境，而我們的願望都能實現，得到自己想要的人。」李佳惠的話就像甜蜜的毒藥，令人無法拒絕。

「如果任凱消失，那封……」

李佳惠勾起微笑，「那封就會是妳的了。」

喬子宥的眼前倏地漆黑一片，再也看不到其他事物。

她奔跑了起來，雖然沒有回過頭，但她知道後面有人追著自己，不是李佳惠，卻又好像是李佳惠。

她不敢承認，在剛剛那一瞬間，她的內心確實被一片黑暗侵蝕了。

月光拉長了她的影子，連帶後面的怪物身影也被拖長，她看見一隻外形有點像熊的龐大生物，牠的鼻子如同大象，邁開粗壯的虎腿緊追不捨。

嫉妒啊——明明我的內心一直都很嫉妒。

痛苦啊，明明就該是我比較合適。

爲什麼，爲什麼她就是不愛我呢？

喬子宥摀住耳朵，不願去聽惡魔的呢喃。這些事情她早就知道了，何必現在才感到難過？

終於，她看到不遠處出現了其他光芒，仔細一看是螢火蟲般的小光點，在前方跑著。

那東西看起來像馬，卻又不像馬，全身散發著白光，不時回過頭要她跟上。

喬子宥下意識跟著那隻不明生物，她一直跑、一直跑，終於來到一片空地，看見了封。

她露出笑容，想要喊封的名字，卻發現不對。封怎麼在哭？她又怎麼會在別人的懷抱中？

任凱與封緊緊相擁，他們身周有一道看不見的牆，將他們與外界隔開，那是任何人都無法進入的空間。

剎那間，喬子宥覺得一陣天旋地轉，幾乎站不住腳。親眼見到這樣的畫面遠比她想像的更加痛苦。

「很痛吧？」李佳惠的手溫柔地放在喬子宥的肩膀上，以銀鈴般的聲音在她耳邊低語。

「心就像是被撕裂了一樣，對吧？放心，我們有辦法的，只要妳帶著兩極一起離開，我們保證會讓妳們待在一個很安全、只有妳們彼此，不會有任何外人的地方。在那裡，妳不會感受到痛苦，只有妳跟她……」

這個提議如此詭異，但此刻喬子宥的雙眼再次被黑暗蒙蔽，那些話令她失去理智，忽略了一切不合常理之處。

她的心神逐漸放鬆，感覺到李佳惠的手緩緩攀上自己，一個帶著寒意的聲音在她耳邊誘惑著：「帶走兩極吧！」

喬子宥不知兩極是什麼，她在迷迷糊糊之中只知道該帶走封，於是搖搖晃晃地往封的方向前進。

封忽然聽到樹枝被人踩過的聲音，任凱也在此時放開了她。

「子宥！」封驚訝地喊著，看著面無表情的喬子宥緩緩靠近，「妳們也被困在這裡了嗎？怎麼只有妳？佳惠呢？」

「等等，花栗鼠，她不太對勁。」任凱警覺地拉住封的手往後退，他發現喬子宥的動作不太協調，表情也異常僵硬。

「咦？子宥？不會吧！」封這時才注意到，喬子宥的背後一片漆黑。隨著喬子宥的靠近，那片黑暗就跟在她的後面，慢慢侵蝕過來。

原本待在一旁的白色小獸立刻跳到封的肩膀上，另一隻小獸則從喬子宥的方向撲來，擋在封的面前對喬子宥怒吼。

「牠在保護我們……」封不敢置信，「子宥，妳怎麼了？快醒醒啊！」

她看清楚喬子宥的臉了，喬子宥的瞳仁完全被漆黑充斥，兩隻巨大的貘從她身後的那片黑暗中出現。

「牠們挾持了她的夢境，進而控制身體。」任凱猜測，拽著封就要往後跑。

「等等……」站在封肩上的小獸幻化成一團白煙，緊緊包覆住她。

「還等什麼！快跑！牠們的目標是妳！」

「但那邊還有一隻……」話還沒說完，原本跟在喬子宥身邊的小獸就被那片黑暗中伸出的觸手抓住，強行拖了過去。牠的悲鳴逐漸被黑暗呑噬，最後消失無蹤。

喬子宥的嘴角勾起笑容，忽地抬頭，直視著封的雙眼。

「封，跟我走，我不會傷害妳的。」她伸出手。

封忍不住掉下眼淚，「不要啊，子宥！妳不要……」

任凱一把將封背起來，沒命似的拔腿往前狂奔，一邊吼著：「快使用風，看能不能把那片黑暗吹散！」

「我、我……」封看著自己的雙手，想要專心使出風將喬子宥喚醒，可是她的視線全被淚水和黑化的喬子宥所占據，根本無法專注，整顆心亂成一片，只能伏在任凱的肩上痛哭。

是因爲她的關係嗎？

因爲她是兩極，所以她的朋友們才會一個個都遇到麻煩？

她是不祥的存在，只會傷害他人，是嗎？

「封葉，我不准妳胡思亂想，有時間哭哭啼啼，不如想想妳能做什麼！」任凱用力打了封的屁股一下，繼續往前奔跑。

「好痛！你好過分！」封哇哇叫著。

「會痛就是還活著的證明，別再哭了，我現在要放妳下來，然後我們一起跑，知道嗎？」

「嗯……好，放我下來！」封擦乾眼淚，包覆著她的白霧再次幻化成獸形，在前方指路，兩人跟著小獸跑，後方的黑暗依然追著他們。

「封，爲什麼要跑？」喬子宥的聲音隱隱約約傳來，封只能強忍住回頭的衝動。

她能做的就是控制風，她製造出的風曾經差點摧毀方雅君的靈體，也曾經讓鬼學姊恐懼，更曾經治好她的傷。

小虎和九夜都要她快點掌握控制風的能力，這樣子她才能活得比較久。對，這就是她現在要做的事情。

封放緩腳步，任凱不敢置信的開口，「花栗鼠，妳幹什麼？」

「我要試一試。」

「試一試？妳就不能邊跑邊試嗎？能不能確定有把握再停下來啊！」任凱氣急敗壞，伸手想抓著封繼續跑，然而眼看黑暗就快要吞噬他們，封依然堅持。

「我可以的，我相信我可以！」封堅定地說，「你也要相信我。」

「不是我不信……」黑暗距離他們已經剩下不到十步，任凱抓著頭喊道：「啊啊，算了！我相信妳，快點吧！」

封感激地微笑，眼睛直視著前方，那片黑暗已經將喬子宥的身體吞噬，只讓她白皙的臉龐露在外面。

封屏息，感覺到自己的體內有股力量，像是已經存在許久，過去卻從未被觸碰。她用念力去推動那股力量，讓力量延伸至手掌，接著手往前一推，一股強力的熱流從掌心吐出。

「呀——」

屬於喬子宥的尖叫聲響起，那片黑暗真的被吹散了一些，喬子宥的眼神瞬間清明幾分，但很快，黑暗再一次淹沒她。

「花栗鼠！再加把勁！」任凱在一旁打氣。

封比剛剛更加專注地操控著體內的力量，企圖把無形的力量想像成好幾條線，她可以用右邊的線控制接下來風要往哪個方向吹，像是擲溜溜球一樣，這條線她拉得越快、越急，製造出的風就會越大。

她左右兩手分別控制住兩團小旋風，用力往前一甩，兩個旋轉氣團結合成一個大型龍捲風，朝喬子宥的方向衝過去。

黑暗被強勁的風吹散，這個瞬間，隱藏在其中的貘終於現出原形，小獸趁著這時往前一撲，狠狠咬住其中一隻貘的鼻子。

貘發出淒厲的尖叫，不斷上下跳著想甩開小獸，但小獸並沒有減輕力道，還用前爪在貘的身上刮出血痕。

另一隻貘怒氣沖沖的張口咬向小獸，小獸的毛皮滲出鮮血，仍然死咬著沒有鬆口，還用尾巴拍打著另一隻貘，雖然只是徒勞。

旁邊的任凱看得目瞪口呆，他發現每當黑暗被吹散的時候，喬子宥的眼神就會有幾秒的清明。

「朝喬子宥的方向吹！」他大吼，封馬上用其中一隻手再次使出一團旋風，往喬子宥的臉上擲去。

旋風直直擊中喬子宥的臉，將她眉心的黑氣打碎，結晶的黑氣如玻璃般破裂，喬子宥的眼睛變回原本的樣子，立即昏厥過去。

任凱趕緊衝上前抱住她，黑暗在這個瞬間消失得無影無蹤，一隻貘鑽入夢道逃離，另一隻貘則被小白獸咬死了。

天空中再次出現大得詭異的銀白月亮，照亮了樹林裡的一切。

封喘息著，胸口劇烈地上下起伏，控制風比她想像中還要容易，卻也比想像中還要疲累。

「沒、沒事了嗎？」

「還不能大意。喂，喬子宥，妳沒事吧？醒醒！」任凱搖晃著昏過去的喬子宥，見她沒反應，只得皺眉將她往肩上背。

「我們要快點逃離。」

「我、我知道，可是我……」封雙腳一軟，整個人跪坐下來。

「喂！別鬧了，妳也要暈倒嗎？」任凱單手撐住她，還必須確保肩上的喬子宥不會滑下來。

他看著正在舔舐傷口的小獸，試探著問：「你可以抬喬子宥嗎？」

小白獸繼續舔著傷口，顯然無能爲力。

「學長……我好睏喔……好累……」封一說完這句話就眞的閉上眼睛睡著了，任凱不禁大翻白眼。

「原來使用風的後遺症是這樣嗎？」任凱蹲下身將封抱在懷裡，小心翼翼東張西望，他知道事情應該還沒有結束。

一雙白皙的腳從另一邊的林中走出來，任凱嚇了一大跳，隨即見到李佳惠哭著朝他撲來。

「天哪！學長，我迷路了，正怕得不知道該怎麼辦，還好遇見你了！」

任凱肩上背著喬子宥，另一手則攬著封，他看著眼前自己撲上的李佳惠，心想：現在是什麼情況？

「妳們發生什麼事情了？」

「我不知道呀，我和子宥剛進樹林沒多久，天就忽然黑了，接著子宥變得很奇怪，我太害怕就逃走了。一個人待在樹林裡，眞的好可怕喔。」

李佳惠淚汪汪的，看著暈倒的喬子宥和封，「怎麼回事？她們怎麼了？」

心。

「說來話長。妳能幫我抬著喬子宥嗎？」

李佳惠猶豫了一下，看向離自己比較近的封，「我來背封吧，她比較輕。」

「不，封我自己來。」任凱不同意，在這個節骨眼上，封由他負責他會比較放心。

「連這種時候都比較照顧封啊……」

「妳說什麼？」

李佳惠微笑搖頭，「沒什麼，那我背子宥。」

他們跟著一跛一跛的小獸往前走去，一路上別說妖怪了，連一隻動物都沒有，沒有鳥鳴也沒有蟬叫，一切如此寧靜，只有月光和呼吸聲陪伴他們。

「學長，我們來聊天好不好？」李佳惠開口。

「現在哪有時間聊天……妳不覺得這段路我們剛剛走過了嗎？」任凱對周遭樹木的樣子有印象。

「我不記得耶，不是都長得差不多嗎？反正我們往前一直走，總是會走出去的，不是嗎？」

「妳怎麼一點也不緊張的樣子？」任凱狐疑。

「我想是因爲跟學長在一起吧。」李佳惠嬌媚地一笑，靠向任凱。

「妳多注意肩上的喬子宥，別讓她跌下來。」任凱無視了這番話，只是叮囑。

李佳惠不悅地皺眉，「學長，子宥比我還重要嗎？」

「妳這是什麼問題？」

「我長得比她們兩個都可愛，爲什麼學長只在意白痴的封和根本是男人婆的子宥？」李佳惠嘟著嘴，漂亮的眼睛眨呀眨，不解地看著他。

「現在不是說這種事情的時候，而且我和花栗鼠本來就比較熟，如果妳想要爭這種無聊的東西，拜託等出了樹林後再說。」任凱的口氣不是很好。

「學長！」李佳惠停下來，不高興地跺腳。

「我受夠妳了，可不可以停止這麼幼稚的行徑？現在是什麼情況妳看不出來？有必要爲這種莫名其妙事情吵嗎？」任凱瞪了她一眼，「快走。」

「我不要走！」李佳惠執拗地說。

「走！」

「我不要！」

任凱簡直快吐血了，他轉身來到李佳惠面前，「好，妳如果不走，那就留在這邊，把喬子宥交給我。」

他伸手就要去拉李佳惠肩上的喬子宥，但李佳惠往後退了一步——正確來說，她是像跳躍一般，瞬間後退到離任凱大約五公尺遠的地方。

「妳……」任凱瞪大眼睛，看著垂下頭的李佳惠，她的長髮散落在臉頰兩側。

「你在意封，是因為喜歡她嗎？」她低喃。「還是因為她有奇怪的力量？」

「妳在說什麼……」這一瞬間，任凱的腦中閃過小虎說過的話。

「多注意一下李佳惠。」

任凱連忙往後退了一大步，「妳不是李佳惠！妳是誰？」

李佳惠抬頭，她的臉孔扭曲變形，像是戴了面具一般，「我嫉妒、羨慕那些女人，她們有的條件我都有，她們沒有的條件我也有，為什麼不選擇我呢？」

原本在李佳惠肩膀上的喬子宥滑落到地面，任凱見她暫時沒有危險，便將注意力集中在李佳惠身上。

「我不認識妳，不管怎麼樣，妳找錯人了，快離開李佳惠的身體！」

李佳惠歪頭，露出不自然的詭異笑容，「我沒找錯人，你是瘟，她是兩極，我要找的就是你們！」

李佳惠張開雙手，黑暗從她背後源源不絕湧現，一隻貘嘶吼著從裡面爬出，朝任凱的方向衝過來，他立刻拔腿往另一邊跑。

「哈哈哈哈，可憐啊！瘟被追著跑，這是多難得的畫面？以往的瘟可是能駕馭鬼魅的，如今卻狼狽地被妖追殺，看來這一次兩極與瘟會是我族的！這下子終於可以不用再被人類奴役了！」李佳惠尖聲笑著說，聲音幾乎能貫穿任凱的耳膜。

「靠！花栗鼠，妳快醒醒，喂！」任凱一邊跑一邊拚命想喚醒肩上的封。

「我、我……」

「嗯？花栗鼠，妳說什麼？」任凱將耳朵湊到封的嘴邊。

「我的肚子……好餓……」封有氣無力。

「妳吃死算了啦！」要是可以的話，任凱很想往她的頭上用力打下去。

忽然，他腳下一個踩空，整個人往前方撲跌，肩膀上的封也滾了出去，咚的一聲撞上了一棵樹。

「好痛……」封迷迷糊糊的揉著後腦爬起來。

「哇靠，早知道這樣妳就會醒，我剛剛就多摔幾下了。」任凱疼得齜牙咧嘴，忍著痛將封拉起，「我們快逃，妳的朋友都變成怪物了。」

「什麼意思……你是說佳惠也……」封的腦袋一時轉不過來。

「如果妳可以再使一次風，那也許還有辦法，但我看妳現在連站直都有困難了，更何況是操控風。」任凱說著，想要再次將封背起來，封卻搖搖晃晃地推開他。

「不，我可以的，我來讓她恢復……」才一說完她又立刻腳軟，差點跌倒。

「妳站都站不穩了，走吧！」任凱拽著她。

最後，癱軟無力的封再次被他扛到肩膀上，「子宥呢？她沒事吧？」

「她暫時沒事。」

「暫時是什麼意思？爲什麼她現在不在這邊？」封緊張兮兮。

「如果妳醒著就有這麼多問題要問的話，還不如繼續睡。」任凱抱怨。「現在李佳惠的注意力全在我們身上，不會有多餘心思去注意喬子宥，妳放心啦。」

「怎麼有辦法放心……哇！」李佳惠的臉龐突然無聲無息地出現在他們眼前。

「靠！」任凱趕緊轉頭要跑。

但一回頭，眼前已經被另一片黑暗呑沒，貘在裡面咆哮著。

「學長，快啊，快叫一堆鬼過來把貘打趴啊！」封使勁扯著任凱的衣領。

「哪有那麼容易？我根本不知道要怎麼用，而且這裡又沒有鬼，我是要叫誰啊？」任凱還是第一次覺得自己這麼窩囊。

「哇！」黑暗裡再次伸出一條觸手，纏上封的腰際，小獸嘶吼著衝上前咬住觸手，但另一波觸手隨即蜂擁而上，在小獸身上留下一道道痕跡。

「快住手！」任凱衝上前想要阻擋，觸手卻穿過他的身體，直落在小獸身上。

李佳惠在一旁冷笑著，她勾勾手指，封立刻被觸手捲起。

「學長——」

「花栗鼠！」任凱衝上前抓住封的手，奮力往後拖，他想扳開纏繞著封的觸手，卻怎麼樣也碰觸不到。

小獸悲鳴，牠終究敵不過黑暗，整個身體被呑沒，而貘上前猛然張口咬住任凱的肩膀，讓他慘叫一聲，鬆開了封的手。

李佳惠帶著封往後一躍，接著消失。隨著她失去蹤影，那片黑暗也跟著離開，可是咬著任凱的貘依舊沒有鬆口，似乎就要這樣將任凱咬碎。

肩膀慢慢失去知覺，視線也逐漸模糊，鮮血沾染了任凱的衣裳。恍惚間，他似乎看見一個與自己長得一樣的人站在眼前。

「任炎？」

任炎蹲下來凝視著他，表情裡滿是困惑。

「怎麼會變成這個樣子？」任炎失笑，「這不該是你的下場。」

「你……」

「這樣我的死有什麼意義呢？」任炎換上冰冷的表情，「不，其實這正是我死的意義。」

任凱的瞳孔突然變得細如針尖，轉瞬又放大至占滿整個眼球，再恢復成平常的樣子。

任炎消失，而任凱突然感受到有一股奇異的感覺存在於體內，像是要滿溢而出，卻又被什麼東西壓制著，無法宣洩。

他的身體裡宛如有冰與火不斷交替，貘再一次張開大口，瘟的鮮血吸引來了各方妖怪，周遭充斥著無數蠢蠢欲動的生物。

只要一口就好、只要一滴就好……

「任凱！」一道身影帶著強烈白光趕來，一頭猛獸從那人的背後竄出，往前俯衝咬住了貘，三兩下便將其吞下肚。

四周的妖怪見狀紛紛躲避，貔貅的靈力太強大了，尋常小妖不可能是對手。

「任凱！你在搞什麼？怎麼會變成這樣？」小虎一面說一面將自己的襯衫脫下，爲任凱包紮傷口，「封葉呢？」

任凱一隻手抓住他，「她被李佳惠抓走了，快去救她！」

小虎的表情變得難看，「她往哪邊走的？」

任凱指了前方，小虎立刻起身，「你應該保護她。」

「我沒有任何力量……」

「你不是還有命嗎？」小虎冷冷地說，彈指之間，貔貅回到他身邊，他跳上貔貅的背，往空中飛去。

任凱站在原地看著這一幕，內心無比懊惱與自責，他現在唯一能做的便是把喬子宥帶回木屋。

當他扛起喬子宥的時候，一個男人現身在樹林中，身材高大魁梧，表情冷峻，是獅爺。他走過來一手攬起喬子宥，另一手則扛起任凱。

「我可以自己走。」任凱掙扎。

「虎命令我將你們送回木屋，那裡已經設下新的結界，連鬼女一族也無法進入。」

「鬼女？」任凱不解。

獅爺沒有回答他的問題，這時眼前已不再黑暗，直直向前方看去就能窺見木屋。

「哇靠！阿凱，你沒事吧！」阿谷被任凱半邊身子染滿鮮血的模樣嚇到，朱小妹立刻衝進屋裡拿出一盆熱水，任馨則攙扶著任凱來到桌邊，顫抖著浸溼毛巾再擰乾。

「你們都沒事嗎？」任凱問。

「你先擔心你自己吧！小瘋子呢？還有那個吵得要命的女生呢？」阿谷臉色發白，「喬子宥沒事吧？」

獅爺從屋內抬出一張沙發，讓喬子宥躺在上面；朱小妹用剪刀剪開任凱的上衣，讓任馨輕輕擦拭他的傷口。

「你被熊攻擊了嗎？」朱小妹看著任凱身上的咬痕，「可是不太像，好奇怪……爲什麼……」話還沒說完，朱小妹便一陣暈眩，往後倒去。

「哇！怎麼回事？」阿谷連忙扶住她。

「越少人知道越好。」獅爺在後面說，看樣子正是他將朱小妹弄昏的。

任凱皺起眉頭，他明明沒看見獅爺靠近，這個人是用什麼方法把朱小妹弄昏的？

阿谷搬來另一張沙發，將朱小妹抬到上面，「可是她醒來還是會問發生了什麼事啊。」

「我們會有辦法。」獅爺看著樹林。

任馨噙著淚水，一面把傷口擦拭乾淨一面說：「我不是要你盡量遠離了嗎？怎麼還受傷了？」

「我看見任炎了。」

任馨一愣，抬頭望向他，「怎麼可能……」

「在那片樹林裡，當我被咬的時候，任炎出現在我眼前。」任凱難過地垂下頭，「他說這是他死亡的意義，可見他依然沒有原諒我們！」

「任凱，你不可能看見任炎。」任馨壓低聲音。

「我知道他死了，但我真的看見他了，那是與我一模一樣的臉，我不可能會弄錯。」

「任凱！」任馨搖晃著他。

「夠了、夠了，別再說了……」任凱低語。

任馨緊蹙著眉頭，只能繼續擦拭他的傷口，阿谷端來另一盆熱水，獅爺則坐鎮在此，保護兩極與瘟的朋友們。

第十章

李佳惠掩藏不住嘴角的笑意，她終於抓到兩極了！

只要快點帶回去，她們一族便會興旺起來，從此妖族的勢力將徹底洗牌，她們會成爲最尊貴的妖怪。

看到了，前方扭曲的空間就是妖道入口，她可以放棄這個無用的軀殼了。

「站住！」一根紅色的針從她的臉頰邊擦過，刮出一道傷口。

李佳惠停下腳步，回頭一看，見到一名穿著皮衣皮褲的女人站在樹上，皺著眉頭，手裡拿著無數根紅針。

「彼岸花派系嗎……你們也想分一杯羹？」李佳惠笑著，她的面龐以被針劃過的地方爲中心開始龜裂，裂痕緩緩延伸至整張臉。

「鬼女一族，妳們背叛了零派？」九夜低語，看著被黑暗纏繞而昏迷不醒的封。

「從沒眞正忠誠過，只不過是契約關係，又何來背叛？」被鬼女附身的李佳惠狂笑，臉上的裂痕逐漸擴大，皮膚慢慢剝落，露出裡頭的另一張臉。

她的頭上生出兩隻角，眉頭緊皺，凹陷的眼窩嵌著一對銅鈴大眼，雙頰突起，咧開的大嘴生著野獸般的利牙。

「妳不會得到兩極的。」九夜揚起紅針。

「只要我帶著她回到鬼女之村，回到紅葉小姐身邊，她一定會誇獎我的！」她尖聲大笑。

「喔？妳那麼肯定？」一道甜美的女聲忽然響起，鬼女驚喜地轉過頭，露出燦爛笑容。

「紅葉小姐！」

一名身著鮮紅和服的女人出現，她有張雪白的臉蛋，勾著攝人心魂的笑容，那渾身鮮紅在夜色之中顯得格外危險。

「阿滿，把光弄得亮些。」

「是的。」穿著素色和服的阿滿站在紅葉後方，振袖滑過手裡提著的燈籠，燈籠瞬間消失，轉化成翩翩橘黃彩蝶往四周飛去，停在樹幹上，照亮了這片空地。

九夜這時才發現，周遭不知何時站滿了鬼女一族的人。

她咬咬牙，知道自己絕不會是整個鬼女一族的對手，但無論如何，她都必須把封救出來。

「紅葉小姐，我送上兩極了。」鬼女恭敬地跪在紅葉面前，她的真實面貌已經完全顯露出來，身上的衣服也變成鮮紅的和服，和紅葉一樣。

她解開對封的束縛，將人送到紅葉面前。

「嗯，很好。」紅葉瞥了封一眼，低頭望向眼前的鬼女，「般若。」

「是！紅葉小姐，爲了我們的族人，我什麼都願意奉獻！」般若高興地說。

「即便毀了契約？」紅葉瞇眼。

般若一愣，「那契約不是我們心甘情願簽下的，只要得到了兩極，誰還管那契約？低賤的人類憑什麼控制我們？」

「那也許妳應該做得更漂亮，不留下蛛絲馬跡。」紅葉瞇眼，遠方倏地出現一道白光。

巨大的猛獸從天而降，一名男孩穩穩地踩在牠的背上。乘著貔貅而來的小虎渾身殺機，從巨獸身上跳下來，光是站著便散發出強烈的威壓。

九夜往後一退，既然虎已經來到，那便用不著她出場了。

鬼女們紛紛恭敬地垂首，紅葉揚起笑意。

「虎呀，好久不見了，怎麼一下子就長這麼大了呢？」

「這是背叛。」小虎一點也沒打算客套，只是看著被放在紅葉面前的封，殺氣騰騰。

「哎呀，別這麼說，我也才剛到，完全不知道發生了什麼事情呢。」紅葉看著一臉錯愕的般若。「我明白是妳爲了族人好，妳的想法我也同意。」

接著，她馬上換上可怕的鬼臉，頭上的兩隻角尖銳得駭人，「但是般若，妳在零派面前將兩極獻上，就是背叛的行爲。如果妳夠聰明，行事更低調些，那就不會使我們背上叛徒之名！」

「紅葉小姐……」般若渾身顫抖著，不明白事情爲何會變成這樣。

「告訴零，我們抓到叛徒了。」紅葉冷冷吩咐。

「是。」阿滿點頭，一隻彩蝶落到她肩上，瞬間燃燒起來，她身後的妖道開始扭曲，一名男子從裡面步出。

九夜立刻閃避至黑暗處，讓夜色掩蓋自己的身影。零派的當家現身了，現在還不是和他交鋒的時機。

離開前，她再次望了倒在地上的封一眼，才隱沒在黑夜中離去。

小虎皺起眉頭，眼前這個神態慵懶的男人，與他記憶中的模樣毫無分別。

「虎，沒想到會遇到你啊。」零微笑著，小虎沒有回應。

「零，鬼女一族的叛徒是般若。」紅葉婀娜地走到零身邊，「她利用兩極身邊朋友的嫉妒心增強自己的力量，還引渡了貘。你看看，她甚至把兩極帶到我面前了呢，眞是太可惜了，如果她早一步，或者是虎晚一步，那現在情況可就不一樣嘍，呵呵。」

零看了笑得愉快的紅葉一眼，轉向跪在地上的般若，「爲何背叛？」

「紅葉小姐，不該是這樣的，我不是爲了自己，兩極是要獻給您的啊！」般若發狂地朝紅葉尖叫辯解著。

「不夠聰明就別想背叛，眞是丟臉死了！」紅葉瞬間變了臉色，氣得臉都漲紅了。這明明就是個好機會，要不是般若沉不住氣，露出太多馬腳，現在她們早就在鬼女之村大啖兩極，並且反攻零派了。

「紅葉小姐！紅葉小姐！」般若的呼喚中帶著哀求。

零嘖嘖兩聲，「其實如果仔細看看般若的臉龐，就不會覺得恐怖了呢，一半是苦笑，一半是哭泣，很可憐啊，只能嫉妒他人，這樣的情緒從悲傷轉爲憤怒，最後化爲怨恨。」

小虎收回貔貅，上前一步來到封的身邊，將她抱起來。

零瞥了一眼，走到般若面前，蹲下來看著她，「生前沒人愛，死後連主子都放棄妳，般若，妳存在的意義到底是什麼？」

「我——」般若還沒反應過來，便瞬間感受到椎心的疼痛。

一旁的紅葉蹙眉，一揮衣袖將所有鬼女都帶回妖道，「這穢氣的東西我不想見了，就交給您處置吧。阿滿，帶路。」

「是。」阿滿輕輕揮手，樹上的彩蝶紛紛回到她的手中，聚集在一起變回燈籠。她走進妖道，照亮了前方的道路，紅葉翩然跟隨。

「紅葉小姐——」般若絕望地吶喊，而零瞇眼微笑。轉瞬間，般若便化爲粉塵，消失無蹤。

樹林再次回歸平靜，地上只餘下一件鮮紅和服，零搧著扇子，看著小虎抱著封準備離去，「你想帶兩極去哪？」

「回她該去的地方。」

「她該去的地方就是我這裡。」

小虎轉過身，眼神冰冷得沒有一絲感情，「我不認同你的作爲。」

「但最後她還是該到我這。」零微笑。

「不是現在。」小虎退後，擺出隨時要喚出貔貅的架勢。

「你現在是把我當成敵人了嗎？」零失笑，「以前是，現在可不是，你該明白你的位置。」

「……我知道。」小虎垂下眼簾，「不過我堅持，現在還不是時候。」

「等到她與瘟相愛，一切就來不及了。」零旋身，樹林裡忽然走出幾個身著西裝的高大男子，「這一次就先算了，但你知道，很快我就會來帶走兩極。」零頓了頓，「或者是你會帶她回來。」

在一群人的簇擁下，零往前走去，其中一名高大男子轉過頭，對小虎行了個禮，「望吾兒能盡快返家，請虎也該放下過去。」

「獅爺的意志不是我能控制的。」小虎冷聲說。

獅家掌門瞇起眼睛打量了他一會，最終一言不發的離去。零帶來的人馬完全消失後，小虎緊綳的神經才稍稍鬆懈。

他幾乎是靠意志力支撐才有辦法回到木屋前，當他抵達時，獅爺立刻衝上來攙扶住他，他懷中的封也被任凱帶到一邊。

一切看似完美解決了，現在最需要的就是好好睡一覺……

一雙帆布鞋踩在醫院走廊上，腳步有些小心翼翼又有些遲疑，在某間病房門前停下。

封猶豫再三，最後還是輕輕敲了敲門後，才緩緩打開，「打擾了……」

李佳惠蒼白著臉躺在病床上，她的身體檢查結果顯示一切正常，只是如同睡著一般，醒不過來。

「佳惠……」封撫摸著她的臉龐，坐到床邊。

被般若侵占了心智的李佳惠險些害死了封，也差點害死自己，最後發生的事情，封都聽小虎和任凱轉述了。

任凱的傷看似嚴重，但封稍微努力使出一陣風便輕鬆治癒了，她已經越來越能夠掌握控制風的方法。

她的掌心出現一團小小的旋風，那團風落到了李佳惠的臉上，卻喚不醒她。封失望地收手，旋風也隨之消散。

她將帶來的花束放到床頭櫃上，又看了幾眼後才離開。

喬子宥請了好幾天的假，她記得所有事情，包括自己是怎樣被般若所說的話迷惑。

也記得自己是如何想要傷害封。

即便封說她根本沒有因此受傷，喬子宥就是無法原諒自己。

封在醫院的廣場上呆站著，忍不住嘆氣。她的三個好朋友裡面，林沛亞死了，李佳惠昏迷，而喬子宥陷入無盡的懊悔。

她的存在似乎無法帶給任何人幸福。

「封葉。」小虎站在一旁，關心地喚了一聲。

「謝謝你救了我。」這大概是她這幾天說過最多次的話。

「那是應該的。」小虎微笑，「準備好了嗎？」

「我想……是的。」封深吸一口氣。

他們一同回到封的家，任凱就站在公寓樓下。他們說好要回去詢問封的父母，解開她的身世之謎。

「我會在樓下等你們，若眞有狀況發生，我會立刻趕上去。」小虎說。

「這點我們不會懷疑。」任凱點頭。

他們踏上樓梯來到封位於四樓的家，深吸一口氣後推開門。

「怎麼這麼晚才回來？吃過飯了嗎？」封爸與封媽都在等著封回來，當他們看見任凱時，不禁皺起眉頭。「這是……」

「爸、媽，這位是我的學長，你們記得吧？之前那件事情……」封介紹著，沒錯過父母眼中流露出的擔憂。

「伯父、伯母好。」任凱禮貌地說。

「啊……你好，請進吧。」封媽招呼著。

任凱脫鞋時，從陽臺往樓下看去。小虎就站在那裡，雙眼已經轉爲褐色。

雖然隔了一段距離，但任凱知道他可以聽見也可以看見這邊發生的一切。

「前陣子出去玩，你們似乎遇到了危險的事情，以後還是別到那種地方玩了。」封爸率先開口，畢竟女兒蒼白著臉被抬回來，整整睡了一天一夜，身爲父母難免擔憂。

話雖如此，但其實他們心裡多少有數。

「我就開門見山了，伯父伯母知道封爲什麼會昏睡嗎？」任凱的問題讓他們渾身一凜，面面相覷，卻沒有回應。

封咬著下唇，想起小虎說過的話。

她使用操控風的能力後，體力會大幅消耗，這是副作用，會讓她暫時陷入毫無防備的狀態。所以除非情況緊急，否則她不能一次耗費太多力氣。

這次她還不習慣怎麼掌控風，便拚命吹走了覆蓋喬子宥的那片黑暗，於是導致自己體力盡失而陷入昏睡。

這也是封的食量會這麼大的原因，她必須透過進食與睡眠來儲存能量，以維繫自己的體力，平常也要注意控制每次使用風的時間。

「我們的女兒，我們自己明白。」封爸回應。

「她眞的是您的女兒嗎？」任凱逼問。

「你這是什麼意思？」封爸不悅地皺起眉頭。

「我們都已經回不去以往平凡的生活了，我相信你們也很清楚。」任凱看了封一眼，「封該知道的都知道了，只差等你們說出口。身爲父母，你們依然決定欺騙她嗎？」

封爸和封媽不可置信，封垂下目光，不知不覺落下的淚水沾溼她的臉頰。

「爸，媽……」封低低喚了一聲。

「天啊……妳是什麼時候知道的？」封媽捧住封的臉龐。

「剛知道沒多久。告訴我實話吧，我知道我不是普通人，但我想聽你們跟我說。」封不斷掉著眼淚，封爸於心不忍，嘆了一口氣。

「我們天眞地想著，永遠不讓妳得知實情最好，但總有一天還是要讓妳知道。」封爸說。

「十五年前，一個叫九夜的女人抱著一個小女嬰來到我們家，她留下一大筆錢，要我們成爲妳的父母，將妳扶養長大。」

「這個女嬰會有些與眾不同，請你們別害怕，以一般的方式將她帶大就好，總有一天，她會發現自己的特別之處，而在此之前，請你們保密。撫養她的所有開銷由我來負擔，在她主動詢問之前，你們就當她最平凡的父母。」

「我們很快就發現妳的不同，妳很少哭，會對著空無一人的地方笑，有時還會凝視著窗外。有哪個嬰兒會凝視窗外啊……」封媽也流下眼淚。「隨著妳越來越大，不尋常的地方也越來越明顯。有一次妳玩溜滑梯摔破頭了，我急忙要叫救護車，可是才一個轉身，妳頭上的傷已經好了，這種情況不只發生過一次。」

「媽……我、我眞的……」封眼淚掉得更凶了。

「除了這些，九夜還說過什麼？」任凱問。

封爸搖頭，「她只說，有天會有一個男孩來帶走她，這是命運使然，我們與小葉之間的緣分不會超過二十年。」

「我不要！爸、媽！我不要這樣，我想永遠待在你們身邊！」封撲上去緊緊抱住父母。

「那個男孩就是你嗎？任凱？」封爸淚眼矇矓。

任凱不知道該點頭還是搖頭，他無法確定九夜所說的人是小虎、是他，還是任炎。

最後，任凱什麼也沒回答，當封送他下樓時，小虎已經離開。

其實封的父母什麼也不知情，他們只明白封不是一般人，其他奇怪的事情只有十幾年前的九夜和現在的長相一樣，完全沒變。他們不知道兩極與瘟，也不相信世上有神，他們只是愛著封的父母。

「被困在樹林裡的時候，我什麼都沒辦法做，這一點我一直想向妳道歉。」

封瞪大眼睛，「學長會想道歉？真的假的？」

任凱沒好氣的看著她，都這種時候了還不正經。

「嘿嘿，這就是我的個性呀，如果大家都愁雲慘霧的，那事情不就真的好像很嚴重了嗎？反正我們都還活著，那不就好了？」封知道任凱在想什麼，傻笑著解釋。

雖然李佳惠昏迷，喬子宥避不見面，但至少她們都還活著。

任凱看出封的心思，對著她淺淺一笑。

「還有一件事情要說，在樹林的時候……謝謝妳了。」

「嘿嘿。」封揉揉鼻子，露出可愛的笑容。

任凱走向她，將頭輕輕靠在她的肩窩處一會，而後為了不讓她看見自己發紅的臉，立刻就戴上安全帽騎車離開。

封滿臉通紅的呆愣在原地。

她敲敲自己的腦袋，要自己別亂發花痴，轉身想回到家中的時候，卻看見小虎再度出現。

「我以為你走了。」

「還沒。」小虎苦笑，伸手摸了摸封的頭髮。「總有一天的，不是嗎？」

「什麼？」

「事情總有盡頭，不管結局是好是壞。」

對於小虎說的話，封一知半解，但還是點了頭。

「也許零說的是對的，該趁你們現在還沒相愛的時候，趕快將妳帶走，才能避免悲劇。但無論是哪種結果，對妳來說都是悲劇。」

封沉思著，「如果橫豎都要死，那我寧願和最愛的人一起死。」

小虎一挑眉，隨即露出懷念的微笑，「妳跟她連講的話都一樣呢。」

「誰？」封歪頭。

「一個重要的人。」小虎給了一個模糊的答案。

「好吧，你不說，我就不問。」封伸了個懶腰，看著天空中亮得詭異的月亮，「月圓會持續到什麼時候？」

「再幾天吧，妳的力量正在逐漸增強，慢慢的，妳會能夠控制一切。」

封一臉驚奇，「包括月亮？」

「包括月亮。」

「這麼厲害呀。」封不禁看著自己的手掌。

「所以妳明白爲什麼大家都想要妳了吧？」

「嘿嘿，我是萬人迷呢。」封笑著，小虎也苦笑起來。

「我還有一個問題。」封轉過身，小虎點頭示意她說，「我們的力量是可以轉移的嗎？」

「什麼意思？」

「例如分送給其他人。」

「不能。」小虎搖頭。

「那如果是雙胞胎呢？會不會一人擁有一半的力量？」

「這也不可能。」

「爲什麼？」

「因爲兩極與瘟不可能會是雙胞胎。」

封皺起眉頭，「可是學長說……」她停頓了一下，不知道該不該說出來。

「任凱說了什麼？」

對方是小虎，應該沒有關係吧，反正所有該知道的不該知道的，小虎不全都知道了嗎？

「學長說，他是在雙胞胎弟弟死後才得到陰陽眼的能力，所以他猜想，會不會原本的瘟其實應該是他弟弟。」

聞言，小虎瞪大眼睛，「任凱跟妳說他是雙胞胎？」

「嗯。」封不明白這有什麼問題，但小虎的臉色變得十分難看。

「封葉，妳仔細聽好了，瘟與兩極不可能會以雙胞胎的方式誕生。」

「可是學長他……」

「第一，他或許是騙妳，不過這沒有意義。第二，他說的是實話，不過這不可能發生。」小虎的臉色越發凝重，封也緊張了起來。

「你不要嚇我，小虎，這是怎麼回事？」

「兩極是容器，容器只裝得下一個靈魂，而瘟是無形的東西，他不會找兩個靈魂附身，這一點絕對不會有錯。」小虎臉色一沉，「也許我們都想錯了，瘟並不是還沒覺醒。」

「什麼？」

小虎垂下眼簾，又再次抬起目光，盯著封的雙眼，「而是他扼殺了覺醒卻不自知。」

（未完待續）

後記　讓人們失去理智的東西，都是妖怪

《當風止息時》終於來到第三集，猶記我媽當時看完第二集後，還特地走到我房裡問：「他們的身世之謎應該快要揭曉了吧？」但就算是我媽媽，也只得到：「嗯嗯，快了。」的答案。

我曾經很認眞地想要跟她說明所有故事以及背景，但是我發現連我自己都說得七零八落，我媽更不可能聽得懂了，所以我只能說：「好啦，妳就看書吧。」

我想此系列最大的特色，便是與一開始的故事完全不一樣的發展。在第一集裡面，天眞可愛的封葉只是個一天到晚哭哭啼啼、需要人照顧的女孩，但是到了第三集，不難看出她已經越來越堅強，反而是任凱需要她的保護。

而且每個角色的背景都比想像中還要複雜，每個人在劇情中都有其重要的作用和地位，每個人都可能會導致事件的發生。順便一提，許多人都覺得第一和第二集的內容很可怕，不過到了現在，大家應該都已經習慣了吧？隨著故事的進行，我想恐懼會慢慢減少，而被另一種情緒取代。

在這一集裡面，提到了「嫉妒」。不光是愛情方面的嫉妒，面對朋友或者手足的時候，也都可能產生嫉妒的心理，例如比較得寵的姊姊、做什麼事情都會成功的

朋友、最喜歡的那個人所喜歡的人等等，會讓人產生嫉妒的對象及可能有太多。雖然嫉妒帶來的影響不一定全是負面的，但利用這個機會入侵人心的，也許就是妖怪。

現實中的妖怪或許不像故事裡有個叫做般若的形體，而是無形、抽象的東西，不過我想只要是讓人們失去理智、做出衝動行爲的東西，都能被稱作妖怪。

關於捕夢網的傳說是來自北美印地安，據說捕夢網能夠捕捉好夢、阻擋惡夢，於是我將它與傳說中的妖怪「貘」結合，塑造出了本次故事裡的主要妖怪。其實貘的傳說是起源自中國，但是我對於日本賦予貘的形象比較印象深刻。

値得一提的是，這一集裡幾乎都沒有出現鬼耶！（拍手）

故事已經進行到全系列的一半，幾乎所有重要人物都出場完畢了，小虎也說明了兩極與瘟到底是什麼。至於封和任凱及小虎，這段逐漸白熱化的三角戀最後又會怎麼收場呢？就請大家拭目以待吧。

不過當務之急還是要先避免兩極和瘟被殺掉，所以任凱，快點覺醒吧！（搖晃肩膀）

題外話，在第二集後記裡，我說到很想買PS4，結果當時寫完後記沒多久，我就眞的跑去買了，哈哈哈。剛到手的時候我的確花了不少時間玩遊戲，加上之後又出國旅遊，簡直就像放暑假一樣，整顆心差點收不回來，粉絲專頁也稍稍荒廢了一

點點，之後我會努力奮發向上的。（呑維他命）

至於《當風止息時》系列共有幾集呢？在這邊告訴大家，是五集唷。

那我們第四集再見啦！

Misa

國家圖書館出版品預行編目資料

當風止息時．3，窺視者 / Misa著. -- 初版. -- 臺北市；城邦原創出版：家庭傳媒城邦分公司發行, 民105.01
面；公分

ISBN 978-986-92469-2-7（平裝）

857.7 104026560

當風止息時 03 窺視者

作　　者／Misa
企畫選書／楊馥蔓
責任編輯／陳思涵

行銷業務／林政杰
總 編 輯／楊馥蔓
總 經 理／伍文翠
發 行 人／何飛鵬
法律顧問／台英國際商務法律事務所　羅明通律師
出　　版／城邦原創股份有限公司
台北市中山區民生東路二段 141 號 6 樓
電話：(02) 2509-5506　傳眞：(02) 2500-1933
E-mail：service@popo.tw
發　　行／英屬蓋曼群島商家庭傳媒股份有限公司城邦分公司
聯絡地址：台北市中山區民生東路二段 141 號 11 樓
書虫客服服務專線：(02) 25007718．(02) 25007719
24小時傳眞服務：(02) 25001990．(02) 25001991
服務時間：週一至週五09:30-12:00．13:30-17:00
郵撥帳號：19863813　戶名：書虫股份有限公司
讀者服務信箱 email：service@readingclub.com.tw
城邦讀書花園網址：www.cite.com.tw
香港發行所／城邦（香港）出版集團有限公司
地址：香港灣仔駱克道 193 號東超商業中心 1 樓
email：hkcite@biznetvigator.com
電話：(852)25086231　傳眞：(852) 25789337
馬新發行所／城邦（馬新）出版集團 Cité(M)Sdn. Bhd.
41, Jalan Radin Anum, Bandar Baru Sri Petaling,
57000 Kuala Lumpur, Malaysia.
電話：(603) 90578822　傳眞：(603) 90576622
email:cite@cite.com.my

封面插畫／Izumi
封面設計／黃聖文
印　　刷／城邦印書館股份有限公司
電腦排版／陳瑜安
經 銷 商／高見文化行銷股份有限公司
客服專線：0800-055-365　傳眞：(02)2668-9790

■ 2016 年（民 105）1 月初版　Printed in Taiwan

定價 / 230元

ISBN 978-986-92469-2-7